Acto reflejo
y otros relatos

Alberto Caballero

ISBN-10: 1-63065-081-1
ISBN-13: 978-1-63065-081-0

Registro de Copyright:
TXu 1-744-366, del 8 de marzo del 2011.

PUKIYARI EDITORES
www.pukiyari.com

ÍNDICE

Acto reflejo

Desde que en agosto de 1969 la selección peruana de fútbol se clasificara para su primer mundial, después de eliminar a Argentina, yo contaba en regresión el tiempo faltante para ver nuestro debut por televisión. Había colgado en la pared de mi dormitorio un cartelillo con los números correlativos ordenados como una matriz, en orden descendente, desde el doscientos setenta hasta el uno, y en donde cada mañana, tras levantarme, fui tachando cada número, en ese mismo orden, durante casi nueve meses.

Sin embargo, a escasos tres días del partido, un terremoto de 7.5 grados en la escala de Richter, que devastó el país, se convirtió en un obstáculo casi infranqueable. Aunque creo que no podría saber que la suerte estaría de mi lado ya que, hasta el debut de nuestra selección, en el mundial de México 1970, me hubiese sido imposible imaginar que una antena y las nubes habrían de confabularse para favorecerme, de la mano con el acto reflejo, como si esos elementos hubieran cobrado vida propia, cada uno por su cuenta, avanzando por sus caminos, lentos, sigilosos, para converger todos ellos justo en el preciso momento en que los necesitaba. Pero claro que no podía saberlo hasta ese mismo instante, ni un segundo antes, ni un segundo después, tal como suele ocurrir con las cosas de este mundo.

El sismo ocurrió la tarde del domingo 31 de mayo de 1970. Ese día, con algunos amigos del colegio, nos habíamos reunido en casa de Ismael para disfrutar de la inauguración del campeonato mundial. Qué tarde más propicia para hablar acerca de los equipos finalistas, de nuestros oponentes en la primera ronda, de nuestra selección y sus estrellas: el Nene Cubillas y el Cholo Sotil, el Granítico Chumpitaz, el Capitán de América, Orlando La Torre y Perico León, sin faltar Challe y Gallardo. Un equipazo. Nos pusimos a hacer planes para ver el partido de nuestra selección, programado para el miércoles. Ismael había servido gaseosas y unos bocadillos con los que estimuló nuestra conversación.

Pero minutos antes de ver la inauguración del mundial, programada para las tres y treinta, sentimos los primeros remezones. Nos miramos perplejos y aguzamos nuestros sentidos. Como no queríamos perdernos de aquel espectáculo, no nos movimos de nuestros asientos, pero el movimiento aumentó de manera abrupta acompañado de un ruido ronco y lejano.

—¡Temblor! —gritamos y corrimos a la calle.

Ya afuera observamos a las personas saliendo de sus casas en pijamas, descalzos o en paños menores, tal y como fueron sorprendidas cuando empezó el sismo. Un anciano desnudo daba vueltas sobre sí mismo con una toalla en la mano, y una señora madre de familia no soltaba una sartén negra por el hollín. Los gritos, lamentos y súplicas se oían por todas partes; unos imploraban al Altísimo, otros corrían sin sentido y muy pocos, traicionados por el pánico, permanecían inmóviles en un mismo sitio abrazándose el cuerpo y cerrando los ojos.

Parecía que el ruido de baja frecuencia se encontraba cada vez más cerca, como si corriera o cabalgara en nuestra dirección.

Acto seguido, y sin que ninguno de nosotros lo expresara en voz alta, decidimos avanzar hacia la Ave. Los Incas, a media cuadra de donde nos encontrábamos. Desde el centro de la pista iniciamos nuestra caminata, pero con paso lento porque sentíamos que alguien nos movía el piso. El pavimento parecía avanzar formando olas y levantando una tremenda polvareda.

Conforme transcurrían los segundos temíamos que había llegado el fin del mundo. Una señora, que en tanto se jalaba el cabello, rogaba con gritos desesperados: "¡Perdón..., perdón..., perdón...!". Otra, un poco más allá, se golpeaba el pecho y lloraba al compás de los movimientos rítmicos de su cuerpo; un grupo de personas, con los ojos cerrados y entre sollozos, rezaba el Rosario pero a una velocidad mayor de lo usual con la finalidad, así se percibía, de desviar la atención de la realidad. Me impresionó una madre arrodillada que abrazando a sus tres pequeños lloraba implorando al Altísimo: "¡Llévame a mí, Dios mío, pero no te lleves a mis hijos!".

Delante de nosotros, al lado izquierdo y antes de llegar a la esquina con la Ave. Los Incas, una pared larga de color naranja se agrietó en diagonal, de abajo hacia arriba, con tal rapidez que nos hizo recordar la formación de un rayo en plena tormenta.

Cuando cesó el movimiento, sentimos en el ambiente un alivio general; pese a que el terremoto no duró más de dos minutos, a mí me parecieron horas. Las veredas quedaron cubiertas por cornisas que cayeron de los techos, pero, por suerte, no lesionaron a la gente que se mantuvo en la calzada. Las pocas personas que controlaron sus emociones hasta ese momento explotaron en llanto, o en risas, y se abrazaban con quienes se encontrasen cerca de ellas sin importar si eran desconocidas.

Nos olvidamos de la inauguración del mundial de fútbol y cada uno se fue a casa.

2

Esa misma noche observamos otra realidad. Debido a que las calles se encontraban casi a oscuras por la ausencia del alumbrado público, a las personas se las distinguía sólo por sus siluetas, de modo que tuvimos que desarrollar esa habilidad, desconocida hasta entonces. En casa nos alumbrábamos con velas; a tiempo compramos dos o tres docenas porque al día siguiente ya se habían agotado, y como las tiendas vendieron más velas que pan, las usábamos sólo cuando era necesario, aunque una siempre permanecía encendida en un candelero encima de la alacena del comedor, en tanto que el resto las introducíamos en el cuello de botellas de vidrio vacías, las apilábamos una detrás de otra en un rincón de la sala y las prendíamos cuando era necesario.

Yo estaba preocupado, no tanto por la destrucción o las desgracias acaecidas por el terremoto, sino por la suspensión total de la energía eléctrica; de persistir esas mismas condiciones, los televisores no podrían funcionar y tampoco habría forma de ver el debut de nuestra selección. No podía asimilar la idea de no poder ver a nuestro equipo tras haber contado tantos días para nada, aunque esperaba con ilusión que pronto regresaríamos a la normalidad.

3

Debido a que las réplicas del terremoto eran frecuentes, y cada una nos parecía más fuerte que las anteriores, ninguno de los integrantes de mi familia intentaba retirarse a dormir; al contrario, permanecíamos en la sala charlando acerca de diferentes eventos ocurridos a familiares, amigos o vecinos.

Casi a media noche, cuando parecía que los temblores habían terminado, intentamos convertir la sala en el dormitorio de las mujeres y el comedor en el de los hombres y, como esperábamos, nuestro padre pronunció las recomendaciones de rigor:

—Si mientras dormimos ocurriera un temblor —nos dijo con voz grave que infundía respeto— debemos actuar con calma y sobre todo en orden. Las mujeres deben salir primero y los hombres deben esperar su turno o ayudar a sus hermanas. Repito, debemos actuar con calma y en orden.

Pero la reacción ante la fuerza de la naturaleza es como un acto reflejo. Ya lo había visto por la tarde. Pareciera como si ante una amenaza de muerte, o de cambio brusco, se bloqueara nuestro estado consciente para dar paso al instinto, al estado animal, de modo que lo que menos hubo esa noche fue calma y orden; con la primera sacudida nadie recordó las sabias recomendaciones de mi padre. Martín, uno de mis hermanos, el atleta de la casa, se hizo camino a fuerza de empellones y saltando sobre los muebles; pero, para su sorpresa, cuando cruzaba la puerta principal, se topó con mi padre quien desde la calle nos gritaba: "¡Temblor, salgan, temblor!". Todos queríamos salir al mismo tiempo.

Después de esa experiencia desagradable, hicimos lo más inteligente que desde el comienzo debimos haber hecho: convertir la vereda, junto a la casa, en el dormitorio improvisado de los hombres. Ahí nos encontrábamos más cerca del centro de la calzada hacia donde podíamos correr con mayor libertad.

Y la calle se fue transformando en un dormitorio público gigantesco e improvisado. Tal como nosotros, nuestros vecinos, y los vecinos de nuestros vecinos, también optaron por instalarse en la vereda, y hasta en la calzada, de modo que las tertulias nocturnas se hicieron más agradables. Se escuchaban conversaciones, voces altisonantes, bromas y risas y, como una situación paradójica, daba la impresión de que en medio del desastre surgía una feria, viva y talentosa, que hacía más llevadero el temor que sentíamos y que además unía a las familias.

Tras pasar minutos, o incluso algunas horas de tranquilidad, de pronto irrumpía una réplica y entonces el gentío entraba en estado de excitación nerviosa. Nos mirábamos unos a otros, palidecíamos, agrandábamos nuestros ojos, corríamos al centro de la pista y ahí manifestábamos nuestro miedo de las más variadas formas. Sucedía en pocos segundos. Nos transformábamos en personas completamente diferentes, irracionales, desesperadas, y todo gracias al acto reflejo.

4

El lunes por la mañana intenté en vano encender el televisor y luego la lámpara de la sala, sólo para comprobar que continuábamos sin energía eléctrica. *A dos días y nada*, me dije. Además, no funcionaban las líneas telefónicas, no circulaban los periódicos y las vías de comunicación se encontraban bloqueadas; estábamos aislados, excepto por las noticias que escuchábamos por los radiorreceptores a baterías, a pesar de que la mayor parte del tiempo las radioemisoras daban cuenta, a través de mensajes dirigidos a los familiares, del estado de salud de personas residentes en otros puntos del país. La lista era interminable, pero estábamos atentos porque esos indicios nos permitían conjeturar la magnitud del desastre.

En la calle se escuchaban comentarios acerca de cientos y miles de víctimas acaecidas en tal o cual ciudad. Entonces, como en procesión, padres, madres, hermanos o hijos iniciaban sus viajes en busca de los seres queridos de quienes no tenían noticias. Me acuerdo de un amigo, algo mayor que yo, que en aquel tiempo estudiaba en la universidad y que vivía con unos tíos, vecinos nuestros. Era originario de Huaraz. Desesperado partió esa mañana a su tierra natal. Después de más de un mes lo volvimos a ver; se encontraba deshecho. Había perdido a su familia, y por él supimos con mayores detalles acerca del desastre de Huaraz, del Callejón de Huaylas y de la desaparición de Yungay con sus casi veinte mil habitantes como consecuencia del desprendimiento, desde el nevado del Huascarán, de un bloque gigantesco de hielo.

En mi memoria todavía quedan grabados los días en que nuestros nervios se quebraban a cada paso. Cualquier movimiento, incluso el ladrido de los perros o el ruido de un vehículo pesado provocaba en nosotros una reacción inmediata poniéndonos en estado de alerta. Sin posibilidad de equivocarme, puedo afirmar que, a manera de una histeria colectiva rayana en lo patológico, la ciudad entera se encontraba afectada por el *"síndrome del terremoto"*.

5

El miércoles por la mañana me acerqué a la oficina de la empresa de servicios de electricidad para indagar acerca del restablecimiento del servicio.

—En no menos de un mes —contestó el empleado—. Las instalaciones eléctricas se encuentran bastante dañadas.

Regresé a casa cabizbajo. Ya no creía en milagros.

Por la tarde me encontraba casi prendido de un radiorreceptor a baterías. En unos instantes nuestra selección nacional, que había dedicado el partido a las miles de víctimas, debutaba contra el representativo búlgaro. El comentarista deportivo ya había dado a conocer las alineaciones de los equipos y a través de él nos enteramos de que el Cholo Sotil permanecería en la banca. *¿Pero por qué no lo ponen desde el comienzo?*, me pregunté impaciente.

De pronto escuché a alguien correr dentro de la casa y al instante Ismael irrumpió en mi habitación. Se le veía agitado.

—David —dijo desde el quicio de la puerta—. *América Televisión* va a transmitir el partido. Han colocado dos televisores en el techo de su local.

—¿Es verdad? —pregunté.

—Claro que sí —contestó emocionado—. Un amigo me acaba de avisar. Debemos darnos prisa porque la calle se está llenando.

Y así fue como nos dirigimos hacia el local de *América Televisión*. Debíamos franquear diez cuadras, de modo que corrimos. Al voltear la última esquina descubrimos que una multitud abarrotada ya se encontraba sentada enfrente de los dos televisores de 24 pulgadas instalados en el techo del edificio de un piso, justo unos metros antes desde donde se elevaba la antena de *América Televisión*.

—Vamos —dijo Ismael, y aceleramos el paso.

Sin embargo, ya era tarde y no había espacio por donde pasar, así que nos sentamos al final, detrás de la muchedumbre, pero desde ahí no distinguíamos nada en absoluto.

De pronto escuchamos el "gol" del locutor del partido.

—¿De quién, de quién? —pregunté rápido alzando la voz.

—De Bulgaria —respondió alguien que se encontraba cerca de los televisores.

—¡Carajo! —dijimos muchos, desalentados y casi en coro.

Mirábamos en vano hacia adelante buscando algún espacio libre. Estábamos perdidos. Entre los dos televisores y nosotros se encontraban sentadas cientos de personas y no había forma de sortearlas.

Continuamos buscando y al levantar la vista me horroricé. Mi mente se nubló por unos segundos. Apoyé mis manos en el suelo para impulsarme, correr y gritar. Sólo pensaba en salvar mi vida, pero felizmente logré serenarme. Observé con mayor detenimiento y luego bajé la vista, satisfecho, sonriente.

El temor ciega, me dije, *la reacción ante el peligro es irracional.*

6

—Observa la antena —le dije a Ismael, casi al oído.

Ismael contempló al gigantesco armazón de hierro de unos cincuenta, ochenta, o tal vez cien metros de altura, aunque parecía más alta, que se alzaba desde el patio, unos pasos detrás de los dos televisores. No se inmutó.

—En la punta —le dije—. Parece que se estuviera cayendo.

Levantó la vista y angustiado vio que la antena se le venía encima, y cuando estaba por levantarse lo jalé del brazo.

—¡No! —le dije—. Son las nubes las que se alejan.

—Es verdad —dijo después de observar con mayor atención—. Pero a primera impresión parece todo lo contrario.

Dudé un segundo, pero como quería ver el partido, en ese momento poco me importaba toda esa gente apiñada que se encontraba delante de nosotros, así que me levanté y extendí el brazo derecho hacia arriba, apuntando hacia lo alto de la antena, y, en tanto Ismael me miraba sorprendido, grité con todas las fuerzas que me daban los pulmones:

—¡Se cae la antena! ¡Se cae la antena!

El espectáculo que vimos a continuación fue aterrador. Después de que los espectadores miraran hacia arriba dejaron de ser ellos mismos porque se olvidaron del propósito por el cual se encontraban ahí. En solo unos segundos se convirtieron en otros. Diferentes. Se levantaron al instante con expresiones de consternación y miedo y, como una turba enloquecida, corrieron buscando salidas. Ya no les importaba ni el fútbol ni el entretenimiento. Corrían desesperados en todas direcciones. Era un caos. Se golpeaban entre ellos, se caían y se volvían a levantar para correr otra vez. Los más grandes atropellaban a los más pequeños y los más fuertes a los más débiles. A nadie le importaba nada. Solo querían salvar sus vidas. Se escuchaban lamentos, gritos y muchas voces que hacían eco: "¡Se cae la antena, se cae la antena!".

El pánico era colectivo, además de contagioso. Se me encresparon los vellos y casi eché a correr, pero, juntando mis últimos restos de valor, traté de mantener la calma. En un momento dado, y a pesar de que también conocía la naturaleza ilusoria de aquella visión, Ismael se levantó de golpe dispuesto a huir, pero al instante lo tomé del brazo y le dije con voz enérgica:

—¡Corramos, pero hacia adelante! —dije señalando hacia la dirección en donde se encontraban ubicados los dos televisores.

El primer tiempo terminó 0-2 a favor de los búlgaros. A eso de los diez minutos del segundo tiempo ingresó Hugo "Cholo" Sotil y remontamos el marcador: 3-2. Al final del partido vitoreamos y celebramos hasta el cansancio.

Si bien por la noche me sentía inmensamente feliz, no dejaba de pensar en esa pobre gente que huyó espantada y que, gracias al acto reflejo, disfruté del triunfo de nuestra selección nacional, aparte de haberlos visto jugar de maravilla, y así me quedé dormido. Estaba consciente de que ante una condición extrema las personas se olvidan de todo: de la educación, de los buenos modales, del respeto y de todo aquello que se espera de un ser civilizado.

Con los años logré convencerme de no haber sido el gestor de ningún exceso, al contrario, mi reacción también ocurrió en circunstancias apremiantes ante una necesidad vital, como un acto reflejo.

El nuevo camposanto

—¿Te gustaría conocer a mi familia? —me preguntó Manuel un viernes al tiempo que se frotaba con la yema del dedo pulgar derecho una cicatriz en la muñeca izquierda.

—Claro que me gustaría —respondí algo sorprendido.

Yo creía que mi amigo era un hombre sin familia, y no sólo por su vida solitaria, sino porque, hasta ese entonces, Manuel nunca dio el menor indicio de tener esposa o hijos.

—Entonces, David, vayamos mañana sábado.

Ambos nos conocimos en enero de 1990, en Huaraz, en pleno centro del Callejón de Huaylas. Yo llegué a esa zona debido a ciertas diferencias con mi mujer, si bien para ella el motivo era el trabajo. Yo, la verdad, deseaba respirar nuevos aires; y cuando se presentó la oportunidad de ejercer la jefatura temporal de la filial de Huaraz de la compañía donde trabajaba, mi gerente me dio la bendición para hacerlo. Éste, poco antes de efectivizarse el viaje, me proporcionó los perfiles de algunos subalternos inmediatos de esa jefatura, entre ellos el de Manuel, de quien afirmaba que la experiencia adquirida en el área de Recursos Humanos le había dotado de un ojo clínico para prever y detectar problemas con el personal, como si los olfateara.

Manuel vivía solo en una casa-huerta. Su carácter taciturno y protector no desentonaba con su temperamento tranquilo; rara vez se le veía molesto, pero, en cambio, era frecuente encontrarlo con la mirada perdida mientras se frotaba la cicatriz que llevaba en la muñeca. Con su mano derecha la envolvía para frotarla con la yema del dedo pulgar. La frotaba suave, una y otra vez. No dejaba de frotarla mientras se encontraba en ese trance. Aunque sentía curiosidad, nunca le pregunté nada acerca de esa herida, tal vez por eso, por el respeto que sentía por él, cuando se encontraba en esos momentos de abstracción, optaba por no interrumpirlo.

A pesar de que era unos diez años mayor que yo, Manuel parecía mi padre porque además de tener el pelo cano, lucía envejecido debido a las arrugas que poblaban su rostro.

Después de cerca de tres meses de conocernos, ese viernes, mientras cenábamos en un restaurante, le conté las desavenencias con mi mujer. Manuel frunció el entrecejo.

—¿Cuál fue el motivo? —preguntó.

—No sé por qué razón una amiga le ha metido en la cabeza que la engaño con otra. Y ahora mi mujer duda de mí.

—¿Y es cierto?

—Claro que no.

—¿Piensas en tus hijos?

Manuel ya sabía que teníamos dos hijos. El

primero de tres años y el segundo de uno.

—Pienso en ellos.

—¿La amas?

—Por supuesto que la amo.

—Y si la amas y no dejas de pensar en tus hijos no entiendo tu alejamiento —dijo y varias veces movió la cabeza hacia ambos lados.

—Me exaspera —traté de explicarle—. Como si me estuviera vigilando. O me llama a la oficina a cada instante o me pide explicaciones por cualquier tontería.

Pero Manuel parecía no escucharme porque sin mayores comentarios me invitó a conocer a su familia.

2

Como habíamos acordado, a eso de las ocho de la mañana de ese sábado Manuel llegó al hotel donde me hospedaba. Tomamos juntos el desayuno y luego subimos a una camioneta azul de doble cabina. Advertí que sobre el asiento posterior yacía un ramo de flores. Enrumbamos hacia el norte zigzagueando por el Callejón de Huaylas. El paisaje se nos ofrecía impresionante y hermoso: a la izquierda serpenteaba el río Santa y mucho más allá, hacia el oeste, se alzaba la cordillera negra en contraste con la blanca, al lado opuesto, hacia el oriente, en donde a lo largo de más de cien kilómetros se elevan los glaciares más altos y bellos del tramo peruano de la cordillera de los Andes.

—El Huascarán —dijo Manuel señalando hacia ese lado al más imponente de los nevados formado por dos picos.

Pasamos Marcará, Carhuaz y Mancos y luego,

como a media hora o algo más desde la partida, Manuel redujo la velocidad y viró hacia la derecha para estacionarse, cerca de la carretera, a un costado de un cementerio viejo construido sobre una loma artificial de unos treinta metros de diámetro por algo de doce de altura. En la cima se encontraba un Cristo Redentor blanco de dos o tres veces el tamaño de un hombre.

—Bajemos —dijo Manuel.

Bajamos y anduvimos algunos pasos hasta detenernos al pie de las escalinatas del cementerio viejo. Enfrente, el nuevo camposanto seguro ocultaba muchas historias. Aunque nunca antes visité ese lugar, no me fue difícil reconocerlo porque las fotografías publicadas en los periódicos, después de la tragedia, quedaron grabadas en mi memoria. Me pareció más extenso de lo que imaginé. Con los años, la vegetación silvestre había llenado toda esa área y muchas piedras grandes, medianas y pequeñas reposaban inertes sobre el suelo, como si siempre hubieran estado ahí.

—Subamos —sugirió Manuel.

Iniciamos el ascenso por las escalinatas del sector oriental del cementerio viejo.

—Ésta era la tercera terraza. —Señaló cuando llegamos a la que me había parecido la primera.

Mientras subíamos, noté que de la primera a la segunda y de ésta a la tercera terraza había un número de gradas igual pero mayor que desde el nivel del suelo hasta la primera, pero no pronuncié ningún comentario.

—Sentémonos aquí un momento —propuso Manuel casi sin aliento.

Nos sentamos sobre una grada.

En silencio observamos en forma panorámica al nuevo camposanto. Aunque no pude precisar su forma, lo visualicé como un cuadrado que nacía desde el borde del cementerio viejo y se extendía hacia el noreste, enfrente de nosotros. *No debe tener más de kilómetro y medio por lado*, pensé. De ese modo, el cementerio viejo, sobre el que nos encontrábamos sentados, se ubicaba, como un hito, en la esquina inferior derecha de ese cuadrado, entre la carretera y una ladera que bajaba desde el este, desde la falda de ese sector de la cordillera blanca.

Algunas ráfagas de viento helado nos hicieron recordar que nos encontrábamos a más de tres mil metros sobre el nivel del mar. Detrás y un poco más arriba, en la cima del cementerio viejo, el Cristo Redentor miraba hacia el nuevo camposanto, como nosotros. Nos mantuvimos callados durante varios minutos, observando y contagiándonos del ambiente desolador que se respiraba en aquel lugar.

—Yo vivía más o menos por allí. —Señaló Manuel un punto dentro del nuevo camposanto, como a trescientos metros de donde nos encontrábamos sentados—. La tarde del terremoto mi mujer con mis dos hijos se habían quedado en casa. Nos habíamos peleado porque ella quería ir al circo, juntos, conmigo, como una verdadera familia, pero yo quería ver el fútbol. Se tranquilizó después de hacerme prometer que al día siguiente iríamos al circo.

—¿Qué edad tenían tus hijos?

—El mayorcito tenía tres años y medio y el último dos recién cumplidos.

Manuel carraspeó y se limpió los ojos con un pañuelo celeste.

—Todo sigue casi igual —continuó—. Incluso las palmeras y lo que quedó del ómnibus. ¿Los ves?

—Sí. Los veo.

No me fue difícil divisarlos un poco a la derecha de donde Manuel había ubicado a su casa.

—¿Dónde estaba el circo?

—Allá. —Señaló a la izquierda, hacia el norte, como a dos kilómetros, la falda de una loma extendida—. Estaba en alto, por eso el lodo no pasó por allí. Los que se encontraban en el circo se salvaron.

Recordé haber leído que días antes del terremoto un circo se ubicó sobre esa loma. Durante la tarde fatídica los asistentes, la mayoría niños, esperaban con impaciencia el inicio de la función cuando fueron sorprendidos por el movimiento. Cerré los ojos e imaginé estar allí, en ese instante, confundido con ellos, dentro del caos, entre gritos y llanto de niños que abandonaban sus asientos, que corrían y se tropezaban y se derribaban y volvían a levantarse para correr otra vez. Y me imaginé verlos afuera, minutos después de cesar el movimiento y llegar la calma, mirando absortos el Huascarán, callados, parados, quietos, como esperando, hasta divisar una nube de polvo acompañada de un ruido sordo.

Manuel quebró el silencio.

—Fíjate allí. —Señaló hacia arriba y al frente, un poco a la derecha, debajo del pico norte del Huascarán, a unos dos mil quinientos metros por encima de las faldas del valle extenso—. ¿Ves esa mancha?

—Sí —contesté siguiendo la dirección de su dedo.

Descubrí una mancha oscura que contrastaba con la blancura de esa parte del nevado.

—Desde aquí se ve pequeño, pero es un hueco bastante grande que dejó la cornisa de hielo después de desprenderse.

Desde esa mancha oscura deslicé mi vista hacia abajo y creí descubrir la trayectoria de los ochenta o cien millones de toneladas de nieve, piedras y lodo a través de la sinuosidad de la naturaleza.

—Todo eso era Yungay —continuó Manuel recorriendo con su dedo índice el borde del nuevo camposanto, al cuadrado que yo había visualizado—. Pero antes estaba más bajo, unos seis u ocho metros. Ahora observa esa ladera. —Y recorrió con su mismo dedo una línea vertical, de arriba hacia abajo y a lo largo del costado derecho de lo que fue Yungay, hasta la altura del cementerio viejo—. Antes se veía más empinada.

Recorrí con mi vista la línea vertical que formaba la ladera.

—Por ahí saltó —dijo Manuel.

Carraspeó la garganta dos veces y se limpió los ojos.

—De sólo recordar... —murmuró.

—¿Dónde te encontrabas en ese momento?

—Más o menos ahí. —Señaló Manuel un punto dentro del nuevo camposanto, casi al borde del cementerio viejo—. En esa época yo no tenía televisión, así que con varios amigos nos encontrábamos en la casa de uno de ellos esperando a que arrancara el primer partido del mundial de fútbol "México 70". Como sabes, era cerca de las tres y media del 31 de mayo cuando empezó todo. Desde los primeros movimientos salimos a la calle. Muchas casas se vinieron abajo. Fue terrible.

—Luego, ¿cuando pasó el terremoto?

—Pensé en mi familia que se encontraba en casa y de inmediato corrí hacia allá, pero avancé sólo algunos metros porque en el camino auxiliamos a una anciana que quedó aprisionada entre los escombros.

Después de algunos minutos escuchamos un ruido, como de baja frecuencia, proveniente del Huascarán. Así como yo, los miles de personas que nos encontrábamos en la calle volteamos en esa dirección y observamos que arriba, en el nevado, se había formado una nube de polvo.

—¿En esa mancha?

—Bajaba desde esa mancha. Al poner mayor atención a lo que estaba observando, distinguí que parte del Huascarán norte se estaba cayendo. ¡Aluvión! ¡Aluvión! gritaba la gente y corrían como locas en todas direcciones.

—Y qué hiciste?

—Grité por mis hijos pero uno de los amigos me agarró fuerte del brazo y me dijo: "¡Corre! ¡Corre! ¡No hay tiempo!", y corrimos hacia aquí.

—¿Por qué corrieron hacia aquí y no hacia otro lado?

—No lo sé. Porque estábamos cerca o quizá por instinto. No lo sé. Fue una decisión de un segundo. En ese instante advertimos, no sé cómo, que la cima de este cementerio podría ser un lugar seguro. O el único. O creo porque seguimos a otros o porque en el camino escuchábamos: "¡Al cementerio! ¡Al cementerio!". Sí, creo que por eso corrimos hacia aquí. Muchos otros también nos siguieron por el mismo motivo.

Advertí que con la yema del pulgar derecho Manuel ya estaba frotando la cicatriz de su muñeca izquierda. Esta vez la observé con detenimiento. Era una cicatriz transversal, delgada, casi fina, que pensé que tal vez se la hizo con una navaja de afeitar. La frotaba suave, como si no quisiera hacerle daño. Mas parecían caricias porque apenas rozaba la cicatriz. Y solo la frotaba con la yema del dedo pulgar. Al tiempo que hablaba, una mano envolvía la muñeca de la otra.

—¿Qué pasó después?

—Subimos como no tienes idea. Era una carrera contra el tiempo. En un instante yo ya estaba en la segunda terraza cuando divisé que una ola gigantesca de lodo color gris claro, sin polvo, había saltado la colina y estaba por golpear ese sector de la ciudad. Observé también que detrás de mí decenas y centenas de personas, como una estampida, corrían en esta misma dirección. Aceleré el paso sobre las escalinatas y logré avanzar hasta la tercera terraza. Ahí. —Y señaló hacia abajo, al lugar que pensé al comienzo que era la primera terraza—. Y entonces escuché un golpe seco, como de un látigo gigante, y cuando volteé vi que una porción de la avalancha había alcanzado el cementerio en este lado y al nivel de la segunda terraza. Con horror me di cuenta de que el lodo enterró a toda esa gente que se había retrasado.

3

Manuel dejó de hablar y carraspeó tres veces. Las ráfagas del viento helado nos seguían golpeando la cara.

—Vamos, David —dijo—. Acompáñame.

Después de descender, Manuel recogió el ramo de flores que había dejado sobre el asiento posterior de la camioneta y luego ambos caminamos un trecho largo, como de trescientos metros, a través del nuevo camposanto, hasta llegar al lugar que Manuel señaló antes como el sitio donde antes se alzaba su casa.

—Es aquí —dijo, depositó junto a tres cruces el ramo de flores que llevaba entre las manos y se desplomó de rodillas sobre el suelo.

Me pareció percibir que las ráfagas de viento silbaban una tonadilla triste.

—¿Cómo sabes que tu casa quedaba aquí? —pregunté.

—No lo sé. Por deducción. —Y señalando a unos metros de donde se encontraban continuó—: Días después, cuando caminaba por este campo tratando de ubicarla, esas cruces ya se encontraban ahí, ¿las ves? —Yo asentí—. En esas cruces aparecen los nombres de los que en esa época eran mis vecinos, por eso planté estas tres en este lugar.

Giré con lentitud sobre mí mismo y me encontré con un bosque de cruces que reposaban sobre el nuevo camposanto, y durante ese movimiento lento, y también lúgubre, traté de imaginar el preciso instante en que Yungay, con sus veinte mil habitantes, desaparecía de la faz de la Tierra, y observé, sobre esa área desolada, lo que años atrás vi en una fotografía y después escuché, o leí, o pensé: *"Mudos testigos de aquella tarde, quedarán imborrables en nuestra memoria las crestas de tres palmeras, un pedazo de ómnibus y el Cristo Redentor, que desde la cima del cementerio viejo parece abrazar al nuevo camposanto".*

Al completar el giro me encontré con la espalda de mi amigo, quien algo encorvado sobre las tres cruces continuaba de rodillas en silencio. Entonces pensé en su cicatriz e imaginé cuándo y en qué momento pudo habérsela hecho, y lo observé de otra forma, es posible que en la condición especial, de orfandad, en que se dejan ver los hombres que se culpan de haber perdido todo; y así, durante esos escasos segundos de contemplación, y al tiempo que el viento helado me calaba hasta los huesos, sentí el deseo de regresar a casa cuanto antes.

Doble engaño

Sentada en el sillón reclinable del dormitorio, María Julia, todavía en pijama y con los ojos brillosos, soltó el fax que hasta entonces sostenía entre las manos. El papel pareció quedar suspendido en el aire antes de tocar el piso.

Faltaban algunos minutos para que el reloj marcara las once de la mañana del veintisiete de enero de 1997. Era un lunes frío de invierno. La mujer, encogida y con los brazos cruzados, contemplaba ahora el borde del bosque a través de la ventana. Había nevado durante la noche. Desde el suelo exterior resplandecía una capa blanca de unos tres o cuatro centímetros. Afuera no se veía a nadie, excepto una ardilla que tímida avanzaba o retrocedía al filo del mirador dejando sus huellas diminutas en la nieve que acababa de pisar. Los árboles casi desnudos, más allá, adornados por copos de nieve sobre las ramas, se alzaban como seres fantasmagóricos.

María Julia observó de pronto cómo algunas partículas de nieve caían al suelo. Algo se estaba moviendo entre las ramas. Puso mayor atención y divisó primero las cabezas y luego los cuerpos de dos venados. Uno era macho y la otra hembra. Eran venados marrones con manchas blancas tanto en el vientre como alrededor de los ojos, y parecían mansos, como si los hubieran domesticado. Estaban comiendo hierba seca. La buscaban entre la capa de nieve escarbando con sus cascos o con sus hocicos. Luego, al divisar otros movimientos, un poco más atrás, María Julia, sin levantarse del sillón, se inclinó hacia la ventana. Tres crías de diferente tamaño avanzaban con lentitud, igual que los padres. También eran marrones con manchas blancas. Los cinco comían tranquilos, como aislados del mundo, juntos, las crías al lado de los padres, hurgando con sus cascos o con sus hocicos en busca de unas briznas de hierba. Parecían felices comiendo entre la nieve en ese borde del bosque.

Entonces, María Julia volvió a cubrirse la cara con las manos. Media hora antes había recibido en su casa de Reston, Virginia, una llamada telefónica por la que supo que su marido acababa de fallecer.

Desde el otro lado de la línea, su cuñado, Antonio del Río, fue el portador de la noticia. Ambos no se veían desde que hacía unos cinco años ella y su marido, Dionisio, decidieran emigrar a Estados Unidos. Los motivos para el cambio de residencia fueron múltiples, pero uno de ellos la animó a convencerlo de que ese cambio redituaría en sus negocios de importaciones.

—Debes entender que debo regresar con cierta frecuencia —respondió Dionisio mientras sin mirarla se quitaba el reloj la noche en que María Julia le planteó aquel proyecto.

—Si es necesario —aceptó ella, de espaldas a él,

en tanto se limaba las uñas junto al tocador.

Dionisio, recordaba haber entendido ella, argumentó con esas pocas palabras que no les beneficiaría si confiaban a ciegas en los administradores de sus establecimientos en los diferentes puntos del país. Con el tiempo ella se encargó de los contactos y demás operaciones en Estados Unidos, y él, de manejar los negocios en el Perú.

—¿Cómo ocurrió? —le preguntó a su cuñado.

—Murió en circunstancias trágicas. Creo que es mejor que tomes el primer avión. Te adelanto un fax de la nota periodística de la sección policial aparecida en un diario el día de hoy.

María Julia recogió el fax y releyó una y otra vez:

"Lima. El día de ayer a las 11:30 p.m., ante la denuncia del administrador del Hotel H. del distrito residencial de Miraflores, la policía intervino la habitación Nro. 621 donde se hallaron los cadáveres semidesnudos de un hombre y una mujer. La mujer se encontraba sobre el piso, boca abajo, y el hombre sobre la cama, boca arriba. Un portavoz de la policía, poco después del macabro hallazgo, señaló que el hombre se llamaba Dionisio del Río, de 43 años, casado, con tres hijos, y la mujer era Rosa Escalante, soltera, de 27 años. «De acuerdo con los análisis del arma homicida, una pistola Taurus calibre 32, y con la posición en que se encontraron los cuerpos», acotó el portavoz, «se presume que el hombre, antes de matarse, disparó a la mujer por la espalda cuando ella trataba de huir»".

Otra vez María Julia soltó el fax, como queriendo desdeñar su contenido, y levantó la mirada. La familia de venados ya no se veía en la pradera, así que se acercó a la ventana para examinar con la vista a lo largo de ese borde del bosque. Con la palma de una mano limpió el vaho acumulado sobre uno de los paneles de vidrio en la ventana, y mientras deslizaba sus dedos sobre ésta escuchaba un sonido ahogado y sentía el frío del invierno que a través del contacto ya se había filtrado hasta su espalda. Al tiritar advirtió que el pijama que vestía era bastante liviano, y traslúcido, de modo que se cubrió con una manta antes de regresar al sillón reclinable.

Sobre el velador, en una fotografía dentro de un marco dorado, se veía a la familia. Sus tres pequeños hijos en el centro, y Dionisio y ella a los costados. Posaron sonrientes. María Julia la contempló por unos segundos, sin moverse del sillón, entonces notó que le temblaban las manos. Ambas descansaban sobre su regazo. Al mirarlas observó el anillo de matrimonio en el dedo anular derecho. Era liso, de oro blanco. Con los dedos pulgar e índice de la otra mano lo frotó con suavidad, mirando el anillo o la fotografía, una y otra vez hasta enjugarse los ojos sólo para reanudar el mismo evento, y así, durante ese juego repetido y alternado, daba la impresión de que el tiempo existía únicamente para ese ritual.

Volvió los ojos abatidos a la ventana. Los venados habían regresado. Los padres y las crías seguían comiendo afuera, juntos, y avanzaban con parsimonia, sin preocupación. Eran felices hurgando entre la nieve. Entonces, María Julia tomó el fax y tras convertirlo en un bollo lo lanzó al cesto de basura.

2

María Julia y sus tres hijos tomaron el vuelo de medianoche. Al día siguiente, por la mañana, aterrizaban en Lima. Antonio y su madre, la suegra de ella, los recibieron en el Aeropuerto Jorge Chávez. Los pequeños abrazaron a la abuela primero y a continuación María Julia los imitó con un beso en la mejilla. Parecía un abrazo efusivo, natural y también de congoja. Los nietos lloraban con la abuela en tanto Antonio esperaba en su sitio observando a su cuñada, como incrédulo. Por último, Antonio saludó a los sobrinos pero sin la misma emoción que les manifestó su abuela.

—Hola Antonio —saludó luego María Julia en tono frío.

—Hola María Julia.

Caminaron en dirección del estacionamiento. La abuela y los nietos, casi abrazados, iban delante y María Julia y Antonio unos cinco metros detrás.

—¿Sabías de ese romance? —preguntó María Julia sin mayores preámbulos.

—Sí.

—¿Estaba enamorado de ella?

—Me temo que sí.

—¿Iba a decírmelo?

—Supongo que sí.

Se mantuvieron en silencio durante el resto del trayecto. La abuela y los nietos se acomodaron en un automóvil y Antonio y María Julia en otro. Él tomó el volante y ella se sentó detrás, en el extremo opuesto.

Las primeras cuadras fueron de estudio. No

dijeron nada. Antonio observaba a su cuñada a través del espejo retrovisor. Sin prestarle atención, María Julia miraba hacia afuera, a través de la ventana, al tiempo que frotaba el anillo de matrimonio con los dedos pulgar e índice de la mano izquierda. Afuera llovizn aba. Otro carro los adelantó tocando el claxon.

—Toma —dijo él—. Es otra nota periodística, pero más reciente.

María Julia tomó el recorte. Antonio puso mayor interés en el espejo retrovisor. Ella inició la lectura:

"Lima. En relación con la tragedia del hotel H. de Miraflores, un portavoz de la policía informó que la mujer, Rosa Escalante, se encontraba embarazada de tres meses, posiblemente de su amante Dionisio del Río. «Estos datos han aclarado las investigaciones», continuó el portavoz. «Por declaraciones de algunos amigos de los occisos, se ha confirmado que ambos mantenían una relación extramatrimonial desde hacía aproximadamente dos años. No hay duda de que el motivo de la tragedia fue pasional»".

—¡No puede ser! —dijo ella sorprendida.

—¡Por supuesto que no puede ser! —repitió Antonio en tono irónico sin dejar de observarla desde el espejo retrovisor.

María Julia levantó la vista.

—Eres un maldito —dijo ella.

—No menos que tú.

La mujer estrujó la nota periodística con ambas manos antes de lanzarla a un lado y luego se cubrió el rostro.

—Lágrimas de cocodrilo —dijo Antonio.

—Eres un ser despreciable —contestó ella.

María Julia se limpió las lágrimas y carraspeó tres veces. Ambos se quedaron mudos por largo rato. Ella frotaba el anillo. Lo frotaba con suavidad en tanto miraba el anillo y luego la calle a través de la ventana. Antonio viró despacio por la Av. Brasil. Parecía no tener prisa. Un taxi iba delante de ellos. Antes de llegar a la siguiente esquina unos peatones la cruzaron con imprudencia. El conductor del taxi hizo una maniobra rápida pero dándose el tiempo suficiente como para sacar la cabeza e insultarlos en voz alta sin importarle si aquel gesto incomodaba o no a su pasajero. Antonio frenó de golpe y María Julia gritó al vacío al sentir el movimiento brusco.

—Esto es un caos —dijo María Julia algo aturdida.

—Aquí naciste —respondió Antonio con la misma ironía.

—Pero no deja de ser un caos.

Otra vez silencio, como si ambos estuvieran recuperando fuerzas.

—¿Crees que no sé por qué quisiste salir del país? —increpó Antonio.

—Fue por negocios.

—Es lo que quisiste hacernos creer, pero creo que fue porque me viste.

—¿Que te vi? ¡Por favor!

—Me viste hace seis años cuando salías con Miguel del hotel Riviera. Y qué coincidencia. Nueve meses después nacía el último de tus hijos —insistió Antonio.

—Asistía a una convención de mujeres

empresarias.

—Deja de mentir.

—Hablas así por despecho.

—¿Qué despecho?

—No te hagas el tonto.

Antonio frunció el ceño.

—Lo sé todo.

—Tú no sabes nada —contestó María Julia.

—Al día siguiente se lo conté a Dionisio.

—¿Qué le contaste?

—Que te vi con Miguel saliendo de ese hotel.

—No creo que te haya tomado en serio.

—Dijo que ya no le importaba.

María Julia no respondió. Se hizo otra pausa, larga. Antonio continuó.

—¿Sabes que mi hermano se preguntaba por qué ninguno de sus hijos se parecía a él?

—Dionisio quería hijos, y yo se los di.

Antonio esperó. Como si reflexionara.

—Hace dos semanas Dionisio se presentó en mi casa. Se le veía contento. Bastante contento. Dijo que con 43 años ya era momento de rehacer su vida. Y luego me contó que Rosa esperaba un hijo, pero antes de hablar contigo quería estar seguro.

—¿Seguro de qué?

—De que ese hijo era de él. Por eso se sometió a un examen seminológico.

—¡Estúpido! —dijo ella con el rostro desencajado—, ¡estúpido!, ¡estúpido!

Y al tiempo que se reponía de esa reacción, impropia para ella, con movimientos disimulados María Julia se quitaba el anillo liso de oro blanco y lo guardaba en su cartera. Las manos le temblaban.

El automóvil continuaba su marcha. En unas horas se celebrarían las exequias y los familiares llorarían a su deudo.

El reencuentro

Finalmente, la mujer empuja la puerta, lento, tratando de no hacer ruido, y desde el umbral, sin avanzar ni retroceder, espera con la boca semiabierta pero sin pronunciar una palabra. Se hace un silencio casi profundo. No se escucha nada, excepto los pasos a lo lejos de alguna enfermera o de otro visitante.

Tras abrir los ojos, Daniel la ve ahí, parada, enfrente de él. Ella mantiene entre las manos un pañuelo húmedo. Lo estruja. Es de seda color rosa. Lleva bordado con hilo índigo en una de las esquinas un adorno como una especie de lazo y debajo unas letras cursivas que dicen su nombre: "Isabella".

—Hola, Daniel —dice ella forzando una sonrisa.

Daniel, echado en una cama entre sábanas blancas y una colcha gris, denota un rostro demacrado. Su cabeza reposa sobre una de dos almohadas; la otra se encuentra a un costado.

—Hola, Isabella —contesta él—. Sabía que vendrías.

Daniel habla con voz apagada. Tres o cuatro sondas llegan a sus brazos.

—Pasa.

Isabella avanza lento, casi en puntas de pie.

—Recibí tu mensaje —dice ella en tono suave.

Isabella carraspea una vez, pero disipa el sonido con una mano sobre la boca. Daniel sonríe, aunque le falta el aire. Tose varias veces.

—¿Necesitas que llame a la enfermera? —pregunta ella.

—No. No es necesario.

Isabella presta atención a la mesita de noche. Sobre ella, al lado izquierdo de la cama, yacen una jarra de vidrio con agua, un vaso y algunas tabletas.

—Treinta y tantos años sin verte —dice él—. Y luces igual.

—No lo creo —reacciona ella.

Daniel fuerza una sonrisa sin dejar de observarla, como si escudriñara con sus ojos.

—En treinta y tantos años todos cambiamos —agrega ella.

—Luces igual.

Ella sonríe como respuesta y se limpia los ojos con el pañuelo húmedo.

—Quieres verme igual.

Daniel tose siete u ocho veces en dos o tres tiempos mientras empuña la colcha gris con ambas manos, luego, toma aire acompañado de un ronquido silbante, como si sus vías respiratorias estuvieran obstruidas por algún tipo de mucosidad.

2

—¿No tuviste problemas en llegar? —pregunta Daniel cuando se hubo calmado.

—No. Uno de tus hijos me condujo hasta aquí. Debió esperarme atento porque cuando bajaba del taxi ya se encontraba a mi lado. "Venga conmigo, señora, rápido", me dijo. Y como ves, aquí estoy.

—Era Juan Pablo. Es con quien mejor me he entendido. Por él recibiste mi mensaje.

Daniel hace una pausa. Respira hondo, con esfuerzo.

—¿No había nadie en el pasillo? —pregunta luego él.

—No. Nadie. Sólo tu hijo, el que me trajo. Parece un buen muchacho.

—Sí. Es muy bueno.

—Tuviste suerte.

—Hubiera tenido mejor suerte —responde él mirándola directo a los ojos.

Isabella baja la vista, pero una mueca de dolor en el hombre la asusta. Aunque ella espera sin moverse, su rostro expresa ansiedad.

—Ponte cómoda. Acerca esa silla y siéntate —invita él una vez repuesto.

Daniel la sigue con la vista. Ella acerca la silla y se sienta junto a la cama, al lado derecho de la cabecera, y ahí, sentada, cerca de Daniel, Isabella acaricia con el dedo pulgar su nombre bordado con letras cursivas sobre el pañuelo color rosa. Con pases suaves desliza el dedo sobre las letras color índigo una y otra vez.

—Hubiera tenido mejor suerte, ¿verdad? —repite él.

Sin dejar de acariciar esa esquina del pañuelo, Isabella solloza durante algunos segundos en vez de responder, luego carraspea y se enjuga los ojos con el pañuelo húmedo.

3

—Durante treinta y cinco años anduve como perdido —agrega Daniel contemplándola con la misma dulzura con que solía hacerlo hacía más de tres décadas.

—No sigas —suplica ella en tono suave.

—¿Por qué lo hicimos? —pregunta él en el mismo tono.

—Tú lo hiciste.

—Tú te casaste —insiste él.

—Tú también.

—Después.

Ella voltea hacia ambos lados de la habitación, como si quisiera huir. Al otro extremo, una ventana cubierta con persianas semiabiertas permite traslucir el día o la noche. Afuera se ve oscuro.

—Creí que no regresarías. No supe de ti por tres años —prosigue ella.

—Te dije que regresaría.

—¿Cómo podía saberlo?

—Porque te amaba. Te lo dije muchas veces. Todos los días.

—Creí que quizá no me amabas.

—¿Cómo pudiste dudar?

Ella no contesta de inmediato. Observa alrededor, como eludiendo la pregunta.

—¿Cómo no iba a dudar? Durante tres años no recibí noticias tuyas. Fue mucho tiempo—contesta ella al fin.

—Treinta y cinco años es más tiempo.

—Es diferente.

—Debiste esperarme.

—Lo hice.

—No lo suficiente.

—Lo hice —repite ella.

—No lo suficiente.

—Lo hice.

—No lo suficiente

—Ya basta, por favor —suplica ella otra vez.

Daniel intenta decir algo, pero no logra articular ninguna palabra.

—¿Fuiste feliz? —pregunta ella.

—¿Si lo fui?

—¿Lo fuiste?

—Y tú, ¿acaso lo fuiste?

Ella no responde, pero la mirada de él, más triste y más profunda, parece estremecerla.

4

—¿Puedes arreglar las almohadas?

—Claro. Dime cómo —responde ella.

—Coloca una encima de la otra y luego me ayudas a inclinarme.

Isabella lo hace lento, suave y con cuidado.

—¿Así?

—Sí. Así está bien.

Daniel, ya reclinado sobre las almohadas, dice con una voz algo entrecortada:

—Quisiera sentir tus manos

—Sí —responde ella complaciente.

Y tras dejar el pañuelo húmedo color rosa a un lado, Isabella toma las manos de él; las siente frías y temblorosas.

—¿Es ese el mismo pañuelo?

—Sí —contesta ella.

—Bordé tu nombre con mis propias manos.

—Lo sé. Tú me lo dijiste.

A pesar de que los ojos de ambos se ven brillosos, apenas sonríen sin dejar de contemplarse, como si estuvieran viendo más allá de lo que están mirando.

5

Isabella gira lento alrededor y se encuentra con las sondas. Éstas, que llegan hasta los brazos de Daniel, son transparentes y delgadas. A través de ellas puede observar algunos líquidos incoloros provenientes de unos pomos adosados a un soporte metálico, como un perchero, que surten lento, como a cuentagotas. La habitación en silencio, excepto por algunos pasos afuera, en el pasillo, luce espaciosa. Más allá no hay nada, aparte de las paredes.

Y en medio de ese silencio y de ese ambiente casi vacío, ella acaricia con sus manos las de él, con suavidad, una y otra vez. Los ojos de Daniel se cierran al tiempo que las comisuras de sus labios dibujan una sonrisa casi imperceptible. Con toques sumisos Isabella le busca el pulso y siente los latidos, débiles, y entonces lo mira de frente, a los ojos cerrados, y percibe como si los últimos treinta y cinco años se hubieran condensado en sólo ese instante.

Finalmente, Isabella estruja fuerte el pañuelo color rosa que un día Daniel le regalara y carraspea tres veces, pero tratando de no hacer ruido

El blanco de sus ojos

Si acaso no hubiera insistido no hubiera tomado esa fotografía, pero por suerte seguí mi instinto. Como me restaba menos de tres horas para tomar el vuelo de regreso a casa, tal vez, pensé, tendría tiempo para una más.

En tanto avanzaba entre montículos y baches sobre un terreno inhóspito de ese país africano, cerca del campamento de alimentos de las Naciones Unidas, no perdía la esperanza de encontrar algo bello, impactante, y, sobre todo, que justificara mi viaje; no quería perder el menor detalle de lo que ese rincón del mundo me ofrecía, aunque, no lo niego, casi me di por vencido. Así como me encontraba expectante de cada paisaje, de cada colina, de cada choza, de cada hombre, mujer, niño o de cualquier situación que impresionara mis sentidos, también recordaba a mi familia. Al día siguiente cumpliría años y mi esposa, en Great Falls, Virginia, me esperaba ansiosa porque me confió, días atrás, que había organizado un banquete en mi honor.

—Asistirán algunos personajes influyentes —me dijo.

Seguí avanzando y a lo lejos, hacia occidente, distinguí cuatro puntos todavía informes. Como desde el comienzo llamaron mi atención, y creo que, como dije, fue por mi instinto, viré hacia allá y aceleré tanto como pude hasta distinguir a uno de ellos, a un vehículo, y a los otros tres como unos cuerpos todavía imperceptibles. Uno de esos cuerpos se desplazó hacia un lado, agitó lo que me pareció ser un brazo y tras moverse en su mismo sitio esperó unos segundos, como queriendo intimidar a otro, o eso es lo que me pareció. Advertí, más cerca, que al que vi moverse era un hombre, y entonces me di el susto de mi vida. Una loma empedrada, que no logré evitar, hizo saltar al vehículo con tanta brusquedad que si no me hubiera aferrado a tiempo del timón me hubiera volcado. Luego de controlar el vehículo volví la vista y observé que ese hombre ya había subido en el suyo y se marchaba dejando a su paso una estela de polvo.

Justo en ese instante advertí, con toda nitidez, sobre un terreno baldío, una escena mejor de la que podía haberme imaginado. No quisiera decir que me alegré, pero enfrente, a unas decenas de metros, se encontraba la mejor de las vistas que a fotógrafo alguno jamás podría habérsele presentado.

Uno de los cuerpos, no aquel que ese hombre había tratado de intimidar, sino el otro, el que se encontraba delante, era una niña de unos cuatro o cinco años, desnuda, esquelética, lánguida y moribunda. Gateaba con lentitud.

Observé el entorno y de inmediato deduje lo que sucedió minutos antes.

Luego de acercarme a una distancia apropiada, descendí del vehículo con una mochila entre mis manos, la coloqué sobre el suelo y extraje de ella mi máquina fotográfica. Sentí algo de incomodidad, pero al instante pensé en Great Falls y en mi esposa.

Avancé unos pasos y cuando buscaba el ángulo adecuado me topé con los ojos de la pequeña. Parecían medio dormidos, como sin vida. Eran negros y grandes. Tal vez por eso se apreciaba con claridad, en cada uno, el blanco de la esclerótica. La niña se limitaba a observarme sin balbucear palabra alguna. Así que me detuve y la observé, y a lo que había detrás de ella, y percibí un silencio, como de muerte, cortado sólo por algunas ráfagas de viento que serpenteaban y levantaban del suelo algunos remolinos fugaces.

Tal vez me sobrecogí o tal vez no, casi no lo recuerdo porque en ese momento me encontraba emocionado, pero reaccioné y creo que a tiempo. Corrí a mi izquierda y trastabillé.

Esos ojos, pensé. *Esos ojos todavía tienen vida.*

Recuerdo que desde el fondo de mi alma surgió una sensación de emoción por lo que iba a hacer y una sombra de culpabilidad por lo que debería hacer, pero estaba preparado para esas contingencias. Mi profesión me había enseñado cómo sobrevivir hasta en las peores adversidades.

La pequeña cerró los ojos y dejó caer su cabeza hasta casi rozar el suelo. Por un segundo pensé en ayudarla. Pero fue un sólo segundo.

—Ya no hay tiempo —murmuré.

Si la llevaba al campamento perdía el vuelo. Luego de pensarlo mejor, me pareció conveniente sólo informar por teléfono desde el aeropuerto.

De inmediato apunté con la cámara, disparé y me mantuve inmóvil contemplando la vista que me ofrecía la buena suerte. No pude evitarlo. No podía evitarlo. Más que en la cámara, esa imagen se fijó en mi retina. Enseguida guardé la máquina en la mochila, pero sin cerrarla, y con ella me dirigí rápido al vehículo y subí.

Me senté como aliviando mi cuerpo y tras cerrar los ojos cansados los presioné con las yemas de los dedos. Aunque me sentí satisfecho, dudé por un instante, así que al voltear me encontré de nuevo con los ojos semidormidos de la pequeña que apenas se arrastraba sobre el suelo, pero me sobrepuse de inmediato.

—Sobrevivirás —murmuré—. Sí —me repetí a mí mismo—. Sobrevivirás.

Y contemplé, por última vez, la mejor de las vistas que a fotógrafo alguno podría habérsele presentado nunca: un buitre, unos metros detrás de la pequeña, como indiferente, esperaba que su presa dejara de existir.

A pesar de no haber olvidado el blanco de esos ojos semidormidos, sigo creyendo que esa fotografía valió la pena.

En mi silencio

En mi silencio necesito decir una palabra. Hago el esfuerzo. No logro articular ninguna. Anoche, mientras mi hijo me observaba a través del umbral de la puerta, lo intenté varias veces. Necesitaba decirle una palabra. Sólo una. Pero no ingresó. Desde la puerta me miró sorprendido por unos segundos.

Es invierno. Ha nevado y el bosque se ve blanco. En la noche, a través de la ventana, la nieve luminosa destella en mi habitación. Pero esa luz, sutil, la percibo solitaria. Excepto por algunas ardillas que corren nerviosas de un lado para otro, entre los árboles, pareciera que el mundo hubiera dejado de existir. Las flores y las hojas han desaparecido y lo mismo el trinar de los pajarillos por las mañanas. Aunque la primavera y luego el verano regresarán en unos meses, este invierno luce eterno. Todo permanece en silencio, como esperando.

Lo mismo sucede en mi habitación. Silencio absoluto. De vez en cuando, sólo de vez en cuando, escucho a mis nietos correr por el pasillo y luego un "shhh" suave de su madre, como si me molestaran. En seguida escucho las protestas y después el alejamiento. ¡Qué desperdicio! Si yo hubiera estado ahí, en el lugar de mis nietos, hubiera regresado al instante y tantas veces como hubieran sido necesarias hasta cansar a mi madre.

Anoche escuché todo. Creen que no lo sé. El doctor J. Adams les dijo despacio, como si yo no existiera, que me encontraba inconsciente, que era irreversible, que había que esperar, que era cuestión de unos días. Y ellos, mi hijo y su esposa, volvieron la vista y se encontraron con la mía. El Dr. J. Adams los calmó y les dijo que aquello era una reacción común en los pacientes en coma. Pero no lo creo. Si moví mis ojos es que también puedo mover cualquier otra parte de mi cuerpo, incluso articular palabras. Quise gritarles y decirles que no estaba inconsciente, que pensaba, que los veía y escuchaba. Pero no se acercaron. Sólo observaron sorprendidos antes de retirarse.

De todo lo que escuché me preocupó la palabra irreversible. ¿Significa acaso que el Dr. J. Adams cree que no voy a regresar? Y si cree que es irreversible, ¿a qué se refería cuando dijo que era cuestión de unos días? ¿Acaso cree que pronto voy a morir? Dicen que cuando alguien va a morir se le aparecen las almas de los seres queridos que murieron antes, pero todavía no veo a nadie. Ni mi mujer ni mi madre han venido por mí, aunque no creo que mi mujer quiera recibirme, así que no creo que vaya a morir. Además, anoche moví los ojos.

Es curioso. Pareciera que el tiempo adquiriera el sentido de los hombres. Cuando los tiempos eran buenos, podía moverme con la agilidad de un gato o mantenerme erguido y poderoso como un oso gris; era experto en maquillar las cosas y salir airoso de cualquier disputa. Mi familia vivía pendiente de mis gestos y los empleados de mis decisiones, y es que sabía medir mis palabras y herir cuando me lo proponía. Decían que llevaba veneno en la boca, pero no era así, mi boca era mi arma y también mi herramienta de trabajo. Me entrené muy duro para conseguirlo. Ahora parece paradójico. Todos ellos esperan pendientes, pero por otro motivo. Ya no reflejo ningún gesto ni tampoco puedo tomar ninguna decisión ni pronunciar palabra alguna. Pero a pesar de que me encuentro indefenso, mi mente continúa trabajando.

Esta noche, cuando llegue mi hijo, lo intentaré otra vez. Le diré la palabra. Necesito decírsela.

Y cuando la escuche, responderá.

Pero creo que debo cambiar de estrategia porque con la desesperación de anoche no obtuve buenos resultados. Primero, debo buscar la palabra en mi mente y retenerla ahí con letras grandes y brillantes. Si logro concentrarme será más fácil que la pueda articular. Empezaré por la primera letra. Sí. Creo que así será mejor. Empezaré con la "a" y después de dominarla seguiré con la "b" y luego con la "r" para regresar otra vez con la "a" y continuar con la "z". Y cuando llegue a esta última, pronunciar el resto será sencillo. Fluirán todas las letras con suavidad y mi hijo podrá escucharme.

Ahora pensaré en ese momento. Me supongo que, como anoche, mi hijo no cruzará el umbral de la puerta. Me observará por unos segundos y luego se retirará hasta el día siguiente, así que debo pensar en cómo llamar su atención.

Moveré de nuevo los ojos, pero no los fijaré en él. Los moveré de derecha a izquierda. Él me mirará otra vez, sorprendido, y se acercará y gesticularé. Intentará escucharme. Acercará su oído a mis labios. Y pronunciaré esa palabra.

Y entonces me abrazará.

La propuesta

Tras ingresar al edificio, avanzamos por un pasillo largo y espacioso. Se veía solitario. Las paredes blancas reverberaban nuestros pasos y la iluminación artificial formaba con nuestras sombras figuras informes. Yo caminaba con trancos largos y pesados y mi hija con pasos cortos y suaves, como tratando de no hacer ruido. El olor del cloro proveniente del piso recién aseado era penetrante. Volteamos a la derecha, seguimos por otro pasillo hasta detenernos en frente de una puerta. Ambos nos miramos. Mi hija tenía los ojos rojos y húmedos. La abracé y sentí su calor, y su fragilidad, y le di un beso en la cabeza.

—Te amo.

—Yo también, papito.

Respiré profundo y abrí la puerta. Adentro, en la pequeña sala de espera, una paciente de edad madura esperaba sentada leyendo un libro. Alzó la vista y observó a mi hija desde la cabeza hasta los pies. Ella, detrás de mí, como escondida, seguía mis pasos. Anoté en el registro el nombre de la paciente y luego nos sentamos.

Como advertí que la mujer nos observaba, la miré de frente y la obligué a regresar a su libro. A los pocos minutos una enfermera abrió una puerta interior y pronunció un nombre que no recuerdo. La mujer del libro, vestida con ropa de maternidad, tras levantarse desapareció con la enfermera.

Mi hija y yo nos quedamos solos. No hablamos. Observé la sala: siete sillones forrados con cuero negro, una mesita central de madera sobre la que yacían algunas revistas, una planta artificial en un rincón, una pintura de una madre dando de lactar a su bebé colgada de una pared y entre veinte a treinta diplomas colgados de la otra. Tomé una revista, la hojeé y tomé otra, y luego otra. Creo que durante esa media hora de espera me distraje con cinco o seis revistas. Mi hija se mordía el labio inferior. Observé que dos o tres veces me miró pero sin decir nada. Nunca la había visto tan indefensa.

Se abrió la puerta interior y apareció la mujer del libro, avanzó hacia la puerta de salida y antes de marcharse nos lanzó una mirada furtiva, primero a mi hija y después a mí, y movió la cabeza hacia los lados. A pesar de la incomodidad, no me afectó. Mi hija, en cambio, debió sentirlo porque otra vez se le humedecieron los ojos.

—No olvides que te amo —le dije.

A pesar de que mi hija esbozó una sonrisa, advertí que era fingida.

El doctor Blanco apareció delante de nosotros. Me levanté y nos estrechamos la mano. Lo conocía desde la infancia. Era amigo de mi padre.

—Ella es mi hija, doctor —dije.

—Hola —la saludó. Mi hija forzó otra sonrisa.

—Como le dije por teléfono, ella sospecha...

—Todo va a salir bien —me cortó y me dio unas palmaditas en el hombro, y de inmediato se dirigió a mi hija—: Ya puedes pasar —le dijo—. El examen es sencillo. No tienes nada que temer.

Noté que mi hija ya se había hecho una herida en el labio inferior de tanto morderse. Me miró antes de ingresar. Percibí en sus ojos tristones el reconocimiento de alguna culpa, pero no me importaba. El doctor Blanco la siguió. Sentí que se me partía el alma.

Ya solo, me desplomé en el asiento, apreté los ojos y los presioné con las yemas de los dedos. Rogué que no fuese cierto. Sentí algo de alivio, pero sólo fue una percepción porque al instante llegaron a mi mente muchas imágenes: mi esposa en la cama sollozando por las noches, mis hijos pequeños observándonos con tanta angustia y sin entender y mis hermanos preocupados por mi ausencia. ¿Cómo pudo haber ocurrido? Intenté explicarme pero todo era confuso. Entonces vagué hacia los años pasados y encontré a mi hija recién nacida en brazos de su madre, y a mi mujer sonriendo y tarareando una canción de cuna, y me perdí con ellas deslumbrado por la belleza de la imagen.

El chirrido de la puerta me regresó a la realidad.

—Sí —confirmó el doctor Blanco—. Ya no hay duda.

No supe qué decir. Bajé el rostro, cerré los ojos y coloqué ambas manos sobre mi cabeza, a la altura de la frente, y desde ahí las deslicé hacia atrás entrelazando los dedos con el cabello.

—Tómalo con calma —dijo el doctor Blanco, me tomó del hombro y me condujo hacia el pasillo.

—Es casi una niña —dije.

—Estas cosas suelen ocurrir —dijo en voz baja.

—Pero no debió ocurrir.

—Ocurrió.

No respondí.

—¿Sabe tu esposa?

—Sospecha.

—¿Entonces tu hija prefirió hablar primero contigo?

—Sí.

—Eso es bueno. Confía en ti.

—Siempre nos hemos entendido.

—¿Y qué has pensado hacer?

—No lo sé.

—A veces hay que tomar decisiones en bien de los hijos. Lo hacemos con frecuencia.

Se hizo silencio. El doctor Blanco pareció dudar.

—¿No crees que va a ser duro para tu hija? Su futuro se ve incierto.

—Lo sé.

—Es natural que esté confundida. Y te necesita.

—Lo sé.

—No te preocupes que lo podemos arreglar. Es como curar una herida pequeña y no se dará cuenta.

Otro silencio.

—Ella quiere tenerlo. Es valiente —dije.

—Todavía es muy joven para saber lo que quiere.

—Piensa como adulta.

—También tú estás confundido. Y es razonable.

No respondí. No encontré las palabras para responder.

—Pueden venir mañana como a las ocho de la noche. Será rápido y después harás como que no hubiera ocurrido nada.

—Pero habrá ocurrido.

—Las heridas se curan con el tiempo. Nadie se enterará, ni tu esposa, y vas a ver que todo regresará otra vez a la normalidad.

—¿Cómo le digo?

—No tienes nada que decirle porque de eso me encargo yo. Como todavía no le he dicho nada, le diré que he encontrado un quiste y otras cosas más. Sé cómo persuadirla para que regrese mañana. Recuerda que yo soy el especialista. —Y me tomó otra vez del hombro—. Vamos, está por salir.

Nos despedimos transcurridos algunos minutos. El olor a cloro en el pasillo se percibía más penetrante y nuestras sombras, a lo largo del piso y las paredes, parecían haber cobrado vida porque jugaban con nosotros corriendo hacia adelante o hacia atrás. Abandonamos el edificio y ya en la calle respiramos profundo el aire menos enrarecido. Me fijé en las personas y vi un detalle que antes no había advertido: lucían como preocupadas, se les veía caminar en todas direcciones, sin rumbo fijo, como perdidas y confusas. Levanté la vista y observé que el cielo se presentaba oscuro. No se distinguía ni la luna ni las estrellas. Sin alumbrado público nos perderíamos en el camino. Luego, escuché un gemido suave: mi hija lloraba. La abracé fuerte y sentí su calor, y su fragilidad.

Un día cualquiera

La sala de reuniones se encontraba impregnada por el aroma del café humeante recién servido. Así como los pasos apurados de la secretaria o del asistente, también se podía escuchar entre las voces seudo controladas, pero llenas del humor matinal, y el ruido de vehículos que provenía desde el exterior, el tintineo frecuente de alguna cucharita sobre una taza o ésta sobre el plato.

De talla mediana, delgado y con anteojos, David Casas, sentado al otro lado de la cabecera de la mesa de reuniones, había extraído de su maletín negro una agenda de forro gris y la había dejado abierta sobre la mesa. Anotaba ahí sugerencias o encargos a propósito del servicio de su dependencia o celebraba, como el resto, las ocurrencias de uno de los otros gerentes, mientras manipulaba distraído sus anteojos gruesos o se los colocaba de nuevo. El maletín negro, vacío, excepto por unos papeles y otros objetos sin valor, descansaba como escondido sobre el piso junto a él.

—Los miembros del directorio insisten en que EMSEL no genera un margen de utilidades por dos motivos —el gerente general dijo al iniciar la reunión de gerentes que había convocado para esa mañana—: uno, porque los costos se encuentran inflados, entre otros, por el exceso de personal; y dos, porque los ingresos son escasos como consecuencia de la comercialización deficiente. Y están en lo cierto. ¿O acaso me van a decir que no justifican sus afirmaciones cuando la eficiencia de nuestra facturación bordea el sesenta por ciento y la de la cobranza el ochenta?

Los rostros sonrientes se transformaron en caras adustas. Los gerentes reunidos sabían que los indicadores de facturación y cobranza arrojaban valores alarmantes.

—Por las razones expuestas, y amparado en el Plan de Saneamiento de las Empresas de Estado en el lado de costos, en la sesión de anoche el directorio aprobó una relación de trabajadores a quienes se les invitará al Programa de Renuncia con Incentivos —continuó el gerente general—. Suman cuatrocientos veintitrés, poco más del veinticinco por ciento del total con que cuenta la compañía.

Los gerentes de área se miraron algo perplejos. David escribió unos números en su agenda abierta: "423/1625=26%", y los subrayó varias veces hasta casi convertirlos en manchas indefinibles.

Desde la cabecera de una mesa rectangular, el gerente general explicaba los pormenores del acuerdo y la importancia de la inmediatez de su cumplimiento mientras sus manos jugueteaban con varias pilas de documentos de diferentes tamaños que su asistente acababa de colocar sobre la mesa, cerca de él. Por fin tomó una de ellas.

—Guillermo, tienes diecisiete. —Y entregó esa pila al gerente técnico.

En seguida, el gerente general, alto, canoso y de facciones duras, aunque de voz no tan gruesa, repitió el mismo procedimiento, entregando al gerente de finanzas veintinueve documentos, a los gerentes de la zona norte, cuarenta y uno, de la zona sur, noventa y seis, de la zona este, cincuenta y tres, y a David Casas, gerente de la zona centro, la de mayor extensión en personal y en facturación, ciento ochenta y siete.

—En total suman cuatrocientos veintitrés —finalizó.

Tras revisar con cierto recelo algunos de esos documentos, David Casas advirtió que al final de todos ellos aparecía su nombre para su firma, como si él mismo los hubiera preparado. Frunció el entrecejo y al levantar la vista, algo ansioso, se encontró con la misma expresión en los demás gerentes, pero nadie decía nada.

2

—Bien —continuó de inmediato el gerente general—. Habiendo examinado que los poderes que se les ha otorgado con anterioridad incluyen el de despedir, el directorio acordó también que cada gerente asuma esa responsabilidad suscribiendo las invitaciones al programa del personal de sus respectivas áreas.

La sala se hundió en un ambiente tenso y silencioso, excepto por el doblar de páginas.

—El financiamiento para cubrir los costos que demanda el programa se encuentra garantizado —concluyó después de unos segundos—. ¿No es verdad, Carlos?

Sentado a la derecha de la cabecera Carlos Obregón, el gerente de finanzas, alto, de cabeza grande y tez pálida, carraspeó dos veces colocándose una mano cerrada sobre la boca mientras observaba de reojo a los presentes. Algunos, David Casas entre ellos, devolvieron ese detalle con otras miradas furtivas.

—Así es, ingeniero —contestó en voz baja y gangosa—. Sólo falta una firma.

En tanto escuchaba, David Casas leía los encabezados y entre uno y otro hacía un alto de modo que los documentos, al parecer de su interés, los iba apartando de la ruma que se encontraba delante. Luego de haber terminado, se dirigió al gerente general:

—Ingeniero Valverde. He separado diecinueve que creo injusto se les inviten al programa.

—Es acuerdo de directorio —replicó el gerente general con cierta severidad.

—No creo que deba firmarlas.

—Presta atención a lo que voy a decir, y también va para todos —y alzando la voz sentenció—: Si no quieren firmar, hay otros que pueden hacerlo por ustedes.

David parpadeó varias veces al tiempo que se quitaba los anteojos y se frotaba la frente con la yema de los dedos.

—Ya no hay nada que podamos hacer —le susurró Guillermo que se encontraba cerca—. Es mejor que firmes.

—No es tan sencillo —contestó David Casas en el mismo tono mientras manipulaba sus anteojos con ambas manos.

—¿Acaso no lo has escuchado? O tu familia o ellos.

De modo que ya todo estaba dicho. Tiempo atrás David Casas tomó una decisión y, aunque no la esperaba tan pronto, al fin la factura le había llegado.

Cerca de diez años antes, en 1983, David ingresó a esa empresa de servicios de electricidad, EMSEL, como asistente de ingeniería, y en una trayectoria corta pero intensa escaló varias posiciones hasta llegar al nivel ejecutivo. Sin embargo, en 1991, casi ocho años después de haber ingresado a EMSEL, el cambio de Gobierno generó otros cambios también dentro de la organización, desde la nueva conformación de la junta general de accionistas hasta algunos movimientos inverosímiles del personal de menor categoría, de modo que David Casas, inmerso en ese juego político-administrativo, fue separado de la línea de carrera y relegado a un puesto sin mayor importancia. Pero para su suerte, a fines de ese año, el nuevo directorio decidió remover del cargo al hasta ese entonces gerente general.

Poco antes de que David Casas asumiera la gerencia de la zona centro, en enero de 1992, ya se rumoreaba que el directorio traía como consigna la reducción del personal en un porcentaje apreciable, en concordancia con la política de mejoras en la productividad que pregonaba el presidente de la república, y con la que se iniciaba, de esa forma, el proceso de privatización de las empresas del Estado. David Casas era consciente de ello, pero ante el ofrecimiento del nuevo gerente general, en una conversación privada, David decidió ser protagonista del proceso porque además de confiar en sus habilidades administrativas, consideraba que en esa nueva colocación su permanencia en la compañía se transformaría en favorable. Pero los meses habían transcurrido demasiado rápido.

3

Después de ingresar al edificio de la gerencia de la zona centro, distante poco más de tres kilómetros de la sede de EMSEL, David Casas avanzó lento por el pasillo descubierto, y antes de llegar a su oficina se cruzó con seis u ocho de sus subalternos. Lo saludaron, pero no con la misma sonrisa de los otros días. David Casas respondió de la misma forma porque creyó percibir cierta actitud hostil, o de preocupación, o de temor. Juzgó que el personal se encontraba a la expectativa de sus movimientos, como si hubiera estado esperándolo. Advirtió varias cabezas que asomaban desde las ventanas de diferentes oficinas. Al fondo del pasillo uno le dijo algo a otro y éste miró directo al maletín negro que llevaba el gerente, y luego ambos aceleraron el paso y se perdieron hacia la derecha en un recodo del pasillo.

Empotrados a lo largo de las paredes, unos brazos metálicos parecían sostener a duras penas unas farolas que chirriaban con el viento, pero a David le pasó desapercibido.

Su secretaria, que hablaba por teléfono, casi soltó el auricular cuando lo vio entrar llevando el maletín en una mano.

—Hola Lorena —saludó el gerente.

Tras forzar una sonrisa, David Casas ingresó a su despacho sin recibir otra respuesta que la imagen muda de un rostro pálido que apenas esbozaba una mueca en lugar de una sonrisa. Él sabía que aquella boca semiabierta que no pronunciaba palabra alguna reflejaba del mejor modo el clamor de muchos de los trabajadores.

David Casas colocó el maletín sobre el escritorio antes de desplomarse sobre un sillón giratorio y cerrar los ojos. Como queriendo aislarse del mundo, se mantuvo sentado durante varios minutos, pero al despertar del ensueño se encontró de nuevo con el maletín cargado de noticias malas. El maletín era de cuero negro. Desde el sillón lo contemplaba en silencio, como si fuera dueño, o tal vez esclavo del tiempo. Al intentar distraerse observando el techo blanco y las paredes de color amarillo mate, descubrió algunas manchas que antes no había notado, pero no le dio la menor importancia. Luego se entretuvo examinando la forma rectangular de la mesa de reuniones, de caoba, un poco más allá, y la disposición, alrededor de ella, de ocho sillas del mismo material cubiertas con forro marrón. Por último, como convencido de no tener otra opción, abrió el maletín y retiró su agenda, y al ver desparramados dentro los documentos firmados con su propio puño le dejó a David Casas la impresión de que a ciento ochenta y siete familias les llevaba la muerte. En un país subdesarrollado con más del cincuenta por ciento de desempleo, lo que llevaba era en realidad algo como eso.

Por el interno David Casas llamó a su secretaria. Después de unos toques suaves, Lorena García ingresó al despacho con libreta en una mano y lapicero en la otra y avanzó hasta detenerse, al otro lado del escritorio, casi petrificada por lo que veía.

David Casas le clavó los ojos.

—¿Es que sabes lo que hay ahí? —preguntó algo sorprendido señalando al maletín negro.

—Todos lo saben —contestó Lorena García casi en un susurro—. Desde que usted salió de la gerencia general.

Al comprender, David Casas recordó también que en una empresa de servicio público, de propiedad del Estado en especial, las noticias y demás rumores acerca de algún suceso trascendental de cualquier manera suelen difundirse casi al instante en que se producen, porque forman parte del sistema.

—No debes preocuparte —dijo entonces forzando ahora un tono suave—. Tu nombre no figura en la relación.

Lorena García, madre soltera con dos hijos, exhaló al tiempo que los ojos se le humedecían.

—¡Gracias, ingeniero! —logró decir.

—Ve tranquila y llama al jefe de administración.

Y ahí, sentado sobre el sillón, con el maletín lleno de documentos enfrente de él, David Casas no podía dejar de recordar. Desde que asumiera el nuevo cargo y a medida que transcurrían los meses, era frecuente ver a los integrantes del directorio pasearse de oficina en oficina, observando a unos y preguntado por otros; la información que recibían, lo recordaba, les llegaba de muchas y variadas fuentes, en forma oral o por escrito. *Así que este es el resultado de sus pesquisas*, pensó.

Aunque David Casas, así como el resto de gerentes, o eso creía él, esperaban impacientes se les consultara acerca del desempeño de su personal, nunca los tomaron en cuenta, porque de haber sido así, estaba convencido, si les hubieran solicitado sus opiniones, tal vez hasta hubieran evaluado y seleccionado con mejor criterio. Sin embargo, ese día, veintiuno de julio de 1992, David Casas se encontraba ante ciento ochenta y siete documentos de invitación a renuncias con incentivos firmados con su puño y letra.

Los recogió uno por uno hasta dejar el maletín vacío, excepto por unos papeles y unos objetos sin importancia.

4

David Casas resumió a su interlocutor el último acuerdo de directorio y el motivo por el que lo había llamado.

—De las ciento ochenta y siete he separado dieciocho invitaciones correspondientes a la plana profesional —enfatizó—. El resto los entregarás con el jefe de personal, mitad y mitad.

El jefe de administración, Rafael Ruiz, esbelto pero seco y con un tremendo lunar en medio de la frente, recibió el grueso de documentos.

—Si la orden es entregarlos hasta antes de las tres de la tarde —dijo David Casas mirando su reloj—, tenemos casi dos horas.

—¿Y por conceptos de las obligaciones que implica el programa? —preguntó Rafael Ruiz.

—No hay de qué preocuparse —contestó tranquilo David Casas.

5

David Casas tomó la primera invitación. Era del asistente del asesor legal.

—Hola David —con una sonrisa saludó el abogado al ingresar al despacho.

Cuando David Casas lo invitaba a sentarse, se escuchó afuera, en el ambiente contiguo, el primer sollozo. Era de una mujer; también se podía escuchar la voz suave de Lorena García tratando de consolarla. Ambos voltearon hacia la puerta pero sin pronunciar ningún comentario.

Después de que el abogado se hubo sentado, David Casas le explicó en síntesis el acuerdo de directorio.

—Lo lamento —dijo entregándole el documento.

—¡Eres una mierda! ¡Con todo lo que te he apoyado, mira cómo me pagas!

—Entiende que fue decisión del directorio.

—¿Crees que soy imbécil? ¡Tú eres el que firmas! —Y se retiró dando un portazo.

David Casas se desplomó sobre el respaldar del sillón, y al cerrar los ojos se imaginó echado sobre la arena, frente al mar, bebiendo un refresco helado, pero reaccionó al instante y leyó el nombre del destinatario del segundo documento.

Era uno de los asistentes, un profesional curtido. El gerente general dispuso su transferencia unos meses antes, en abril o en mayo.

—Lamento todo esto —le dijo David Casas al final de la charla.

—Te agradezco el gesto.

—Gracias.

—Y ten cuidado. El cabeza de corcho te ha puesto una cáscara de plátano y la estás pisando. —Y se despidió estrechándole la mano.

Durante esas casi dos horas, entre bullicio y llanto a lo largo del pasillo, David Casas entregó las dieciocho invitaciones. Las reacciones fueron predecibles en unos e imprevistas en otros. Unos la aceptaron como si la estuvieran esperando o se hundían en desesperación y lloraban, y otros le proferían maldiciones o lo amenazaban con cualquier improperio.

A eso de las tres y cuarto, después de que por segunda vez durante ese día se reuniera con Rafael Ruiz, David Casas sintió sequedad en la boca, y no era por falta de líquido sino, además de la impresión que le dejara el proceso, porque el jefe de administración le había advertido que por su seguridad no debía andar solo.

—Pero fue acuerdo de directorio —se había justificado David Casas.

—Hazles entender.

6

Poco antes de las cinco, David Casas recibió la llamada sorpresiva del gerente de finanzas.

—Malas noticias, David. No salió el financiamiento —dijo con la voz gangosa, pero ahora más notoria, como si acabara de sufrir un ataque de asma.

—¿Qué dices?

—Que el financiamiento no fue aprobado —repitió en un tono algo decaído.

—Ustedes ya lo sabían —reaccionó David Casas quitándose los anteojos.

Se escuchó a través del auricular dos o tres carraspeos.

—¿Cómo puedes pensar de esa manera, David?

—¿Y por qué tanto apuro por entregar las invitaciones?

—Bien sabes que fue orden del directorio.

David Casas presionó sus ojos, fuerte, antes de levantarse y caminar sin rumbo fijo alrededor de la oficina. Pasados algunos minutos telefoneó al ingeniero Valverde.

—Estoy bastante ocupado —contestó el gerente general en tono cortante—. Además, ese es tu problema y tú sabrás cómo resolverlo. —Y le colgó sin mayores explicaciones.

Sentado sobre el sillón con los dedos de sus manos entrecruzados en el regazo, David Casas contemplaba mudo el teléfono. *Así no, Santo Dios, así no*, pensaba. Y ahí, sin testigo alguno, manipulando ahora los anteojos, percibió de pronto que su despacho lucía tétrico y solitario y concibió por un instante la idea de abandonar, de esperar la noche y huir, pero luego, ya algo repuesto de su sorpresa, especuló con otras opciones.

Revisó algunos documentos de la gestión comercial, en especial los indicadores de la evolución de la cobranza, y trató de comprender sus causas y sus tendencias. Luego convocó a una reunión con tres de sus subalternos directos.

7

Los jefes de dos dependencias de la gerencia de la zona centro, los de comercialización y administración, así como el asesor legal, sentados alrededor de la mesa de reuniones, esperaban que David Casas hiciera lo mismo.

—Juan: ¿Qué sucedería si no se pagan los incentivos? —preguntó David Casas al asesor legal luego de sentarse y exponer los antecedentes.

—La norma es clara —contestó el asesor legal, bajo y de tez morena—. Dice que la empresa tiene tres días útiles de plazo para pagarlos, de modo que si se incumple con ese compromiso, el trabajador invitado al programa tiene el derecho de regresar al trabajo quedando, por lo tanto, anulado el proceso. Sobre esa base, y dadas las implicancias que arrastraría a nivel político, de hecho serías despedido por negligente y denunciado entre otros cargos por daños y perjuicios.

—El gerente general dio la orden. Todos lo saben —respondió David Casas quitándose los anteojos y colocándolos sobre la mesa.

—Pero no por escrito. La ley señala con precisión que el funcionario público tiene responsabilidad por lo que firma.

—Creo que podría existir una alternativa —intervino Gabriel Campos, el jefe de comercialización, robusto, de cachetes amplios y bastante carismático—. El sobregiro.

—¿Podríamos? —preguntó David Casas a todos mientras jugueteaba con los anteojos que había dejado sobre la mesa.

—El Banco de Inversiones, donde depositamos casi el mayor porcentaje de nuestras cobranzas —aclaró Gabriel Campos—, nos ha extendido una carta de autorización de sobregiro ascendente a casi el equivalente a una facturación mensual, monto que cubriría lo que demanda el programa.

—Pero en las condiciones actuales, en que los ingresos van casi a la par con los gastos, pagarlo sería casi imposible —acotó Rafael Ruiz, el jefe de administración.

—¿Y si amortizamos cada mes con los ahorros del personal que hemos invitado al programa?

—En poco más de un año —contestó Rafael Ruiz después de realizar sobre su agenda un cálculo rápido.

—¿Entonces podríamos sobregirarnos?

—El sobregiro es demasiado caro a comparación del costo del financiamiento que perseguía el gerente de finanzas, además que contaba con la aprobación del directorio —apuntó Rafael Ruiz.

—Lo que significa que es demasiado riesgoso —cortó el asesor legal—, porque si superaras el nivel del gasto autorizado para esta gerencia caerías en malversación de fondos, delito que se paga con la cárcel.

—Que, de acuerdo al interés mensual, ya estarías en falta si ese sobregiro se pagara en más de tres meses —complementó Rafael Ruiz.

Los cuatro se quedaron en silencio. Pero una luz, incipiente, pululaba alrededor de la cabeza de David Casas.

—¿Y si lográramos cubrir con la cobranza? —Y colocándose los anteojos David Casas continuó—: Si la eficiencia de nuestra cobranza es del orden del ochenta por ciento, con una acumulación equivalente a cerca de quince facturaciones mensuales, es porque por ahí estamos fallando. ¿Qué opinas, Gabriel?

—Habría que evaluar nuestro sistema de presión de pago a través de los cortes del servicio.

—¿Cuántos contratistas realizan ese trabajo?

—Cuatro.

—¿Con cuántos supervisores contamos?

—Con dos.

—¿Cuántos cortes se programan por mes?

—Del orden del veinticinco por ciento de la totalidad de nuestros clientes, es decir como treinta mil a los que se les ha vencido el segundo recibo.

—¿Y crees que con sólo dos supervisores se estaría garantizando un trabajo efectivo?

—La supervisión se realiza por la respuesta del cliente vía informática, y se dispone de un segundo corte para aquellos que persisten.

—¿Es de suponer entonces que los clientes que nos adeuden dos recibos o más no cuentan con el servicio?

—Así es.

Otro silencio. David Casas percibió que sus manos sudaban.

—¿Estás seguro? ¿Lo has verificado personalmente?

—Bueno, no —tartamudeó Gabriel Campos.

Tres meses antes y después de una evaluación y selección del personal, David Casas había propuesto a Gabriel Campos en ese cargo, de modo que su inexperiencia era comprensible.

—Gabriel —concluyó David Casas—, ¿puedes facilitarme un listado de esos clientes que en calidad de deudores se encuentren ubicados en las cuatro cuadras adyacentes a esta oficina?

—Por supuesto. Dame unos minutos.

—No. Para mañana a primera hora.

Y dirigiéndose a todos les agradeció el apoyo.

—Vienes con un técnico de cortes —le dijo a Gabriel Campos cuando éste se retiraba.

8

Manipulando sus anteojos, David Casas, solo en su despacho, se aferraba a una idea. Los números estaban ahí, a la vista, ocultando tal vez más de una salida. EMSEL no era eficiente con la cobranza, y esa deficiencia podría convertirse en una oportunidad, pero muchas imágenes irrumpían alrededor de su cabeza distrayéndolo de sus abstracciones. Como ya era tarde, se dispuso a abandonar la oficina, así que aguzó los oídos y al no escuchar nada se acomodó los anteojos e introdujo algunos documentos con la agenda de cubierta gris dentro del maletín negro antes de asirlo por el asa. Lo sintió liviano, bastante liviano.

David Casas avanzaba lento por el pasillo descubierto cuando ciertos chirridos lo pusieron en guardia. Advirtió que provenían de las luces y no de trabajadores ocultos. A lo largo de las paredes unos brazos metálicos sostenían unas farolas que iluminaban el pasillo, sin techo que las cobijara, las cuales, tal vez debido al viento que se colaba, parecían haber cobrado vida ya que sus movimientos pendulares, aunque sin ritmo, daban la impresión de estar jugando con varias sombras, como si éstas corrieran a esconderse.

David Casas sintió escalofríos. Sin apurar los pasos, pero permaneciendo en alerta, avanzaba hasta la puerta principal, unos siete o diez metros más allá, y no se cruzó con nadie. No esperaba ver a nadie. Tampoco advirtió rostro alguno que asomara desde las ventanas. Al voltear un par de veces observó que las sombras continuaban corriendo.

Afuera ya era de noche y la calle se mostraba gris. Antes de despedirse del vigilante, David Casas miró hacia ambos lados del camino y luego se marchó a casa con una idea fija en la mente y un pesar en el pecho. Sabía que no tendría paz. Ya no la tendría nunca.

Tal vez si no hubiera aceptado el cargo, la jornada del veintiuno de julio de 1992 hubiera sido diferente, pero ya era tarde. Ese día le pareció irónico, e interminable, y la noche se le presentaba más larga, y aún más el día siguiente.

Oro y plata

Solemos esperar muchos años para encontrar el verdadero significado de las cosas, tal como ocurrió con el vals *Oro y plata*.

Días antes de cumplir los diecisiete, a comienzos de 1971, dejaba Trujillo y llegaba a Lima para postular a la Universidad Nacional de Ingeniería. Una tía, hermana de mi madre, me facilitó una habitación en el segundo piso de su casa en Pueblo Libre, cerca de la cuadra trece de la Av. Bolívar. Encontré ahí un televisor, una radiola —de esas en las que se tocaban los discos de vinilo— y un escritorio algo pequeño.

Me topé, dentro de la radiola, con un juego de discos de música clásica y con ese fondo musical estudiaba los cursos de ciencias y de vez en cuando los de humanidades. Encontré unos veinte discos de larga duración, o algo más, de ese tipo de música, así que debía tener paciencia para llegar a escucharlos todos. Ahí redescubrí a Beethoven, a Stravinski, a Bizet, a Verdi, a Mozart, a Liszt, a Schubert y a otros tantos que me hicieron recordar las clases de música que llevamos en el tercer año de secundaria. Aunque no logro recordar el nombre del profesor que dictaba ese curso, estoy seguro de que le decíamos Pajarito. Creo, aunque podría estar equivocado, que con los años nos acordamos mucho mejor de los apodos de nuestros profesores que de sus nombres.

Me parece que antes del mes de haber llegado —llegué a Lima el 11 de enero de 1971 a eso de las cuatro de la tarde— escuché una melodía, un vals, que me estremeció hasta el tuétano. Se llamaba *Oro y Plata*. No sé por qué razón sentí una nostalgia extrema y en mi mente se recreó una historia algo extraña e incomprensible que logré relacionar con unos sueños recurrentes. No es que sea obsesivo ni masoquista pero, aunque me erizaba la piel, me gustaba escuchar ese vals cada mañana porque creía que en algún momento me ayudaría a recordar con mayor claridad ciertos hechos pasados, o tal vez de una vida anterior, y que de algún modo los detalles llegarían a mi mente a través de esos sueños.

En el transcurso de los primeros meses de 1971 fui conociendo Lima y sus costumbres a través de nuevos amigos. En Lima vivían varios hermanos de mi madre y algunos primos de mi padre, pero no pude ampliar mi percepción acerca de ellos y de mis primos hasta que los traté en persona. Finalmente ingresé a la universidad. El cuadro de ingresantes salió publicado en el pabellón central un 16 de abril por la tarde, y el 18 temprano —cumpleaños de mi madre— regresé a Trujillo con la buena nueva. Mi padre, que me abrió la puerta esa vez, no me creyó en un primer momento. "No me gusta que me engañen, carajo", me dijo. Mi madre, detrás de mi padre, se adelantó en el acto y me cubrió con sus brazos.

Esa mañana, durante el desayuno, mi madre no dejó de contemplarme. Aunque me miraba a hurtadillas, su mirada era más triste que alegre. Intuí, entonces, que detrás del motivo de celebración se encontraba otra realidad que apenaba a mi madre. Percibí que el motivo era que a los diecisiete años recién cumplidos dejaría a mi familia, o por lo menos eso me parecía ver en sus ojos. Esa mirada triste-alegre, la de ese desayuno, quedó imborrable en mi memoria, y a través de ella a mi familia. Mis ocho hermanos —el noveno todavía de cuna— y mis padres, alrededor de la mesa, preguntaban y escuchaban sonrientes, y algo emocionados; pero yo, aunque respondía a sus preguntas y otras curiosidades, no lograba sobreponerme de esa mirada. Mi madre me había preparado un churrasco encebollado con dos huevos fritos, lo puso enfrente de mí, y me dijo: "Come hijo". Como si con ese desayuno quisiera alimentarme por el resto de mi vida. Algo similar sucedió durante los subsiguientes días, aunque cada vez con menor intensidad, tal vez porque mi madre fue asimilando la noticia poco a poco. Al completar las dos semanas tuve que volver a Lima.

En mayo o junio de ese mismo año me fui a vivir con dos de mis hermanos a Breña, a unas cuadras de la Plaza Bolognesi, algo más cerca de la universidad, y con esa mudanza de pronto dejé de escuchar *Oro y plata*. Con el tiempo lo recordaba de un modo vago, e incluso estuve convencido de que el compositor había sido Johann Strauss. Transcurrieron los años, egresé de la universidad, me puse a trabajar, me casé, llegaron los hijos, crecieron, y por último emigré con mi esposa a otro país.

Pero después de casi cuarenta años, cuando prácticamente lo tenía olvidado, vine a escucharlo a través de una emisora que acostumbro sintonizar mientras trabajo. Era el mismo vals. Escuché atento los acordes de violines y chelos en melodías de una majestuosidad extraordinaria, y entonces, al escucharlo, de nuevo me estremecí hasta el tuétano como antaño, pero ya no por recordar esos sueños recurrentes ni pensar en una posible vida anterior sino por rememorar aquellos momentos inolvidables de los primeros meses de 1971. Aunque, como una condición extraña, también llegaron a mi memoria los ojos triste-alegres de mi madre, la mirada imborrable del desayuno aquel del 18 de abril, acompañada de una sensación de nostalgia.

Inquieto todavía, regresé a casa, ingresé a Internet y busqué hasta encontrarlo; aunque me di con la sorpresa de que *Oro y plata* no era de Strauss sino de Franz Lehar, eso ya no importaba.

Y desde ese día, en tanto contemplaba una de las mayores nevadas de los últimos noventa años, estuve escuchándolo casi ininterrumpidamente. Me recostaba en un sillón, me acomodaba apacible y cerraba los ojos y no veía oscuridad sino luz, porque lograba ver a mi familia, a mis nueve hermanos, llenos de vida, y también lograba ver a mis padres, vivos todavía. La familia completa.

Y así, por cada vez que escuchaba ese vals, rescataba una juventud de oro y plata vivida hacía casi cuarenta años.

El hombre que al hijo enseñaba a comer

Finalmente, el hombre decide comer.

Ya no le importa nada de lo que hubiera disfrutado antes. En su mente se ha dibujado una sola meta, nítida, firme y obsesiva, así que camina unos pasos hasta el rincón de la caverna, estira el brazo y atrapa de entre el fango una cucaracha y se la lleva a la boca mientras su pequeño hijo lo contempla sobrecogido.

Al percibir el movimiento de las patas, el hombre reacciona de inmediato. Con la lengua primero la aprieta contra el paladar superior y luego la empuja hacia la hilera de los molares derechos. Ahí la aprisiona. Las patas no cesan de moverse. De pronto, un golpe de aire, como un espasmo, le viene desde el abdomen como reacción ante el olor de orina guardada, pero logra detenerlo a la altura de la garganta. El cosquilleo en la encía, sobre el lado derecho, lo percibe como una sensación extraña, de incomodidad. Acaban de transcurrir algunos segundos desde que se hubo llevado el bicho a la boca. Mira al pequeño que con los ojos empañados continúa contemplándolo. Cierra los suyos y aprieta la mandíbula.

Al instante, acompañado de un hedor como de excremento de rata, un líquido salpica la cavidad bucal al tiempo que otro golpe de aire le llega hasta las amígdalas. El hombre es consciente de que debe persistir, por su hijo, así que rápido lleva las manos a los labios cerrados y presiona hacia adentro. Después de respirar hondo mastica dos, tres veces, y traga. Los trozos del bicho hacen alguna resistencia en la faringe y luego resbalan por el esófago pero, antes de llegar al estómago, un tercer golpe, más fuerte que los anteriores, los devuelve con brusquedad. Por suerte, las manos las ha mantenido sobre los labios con los que presiona con mayor fuerza. A pesar de que sus mejillas forman un globo, no sale nada desde el interior.

El pequeño, de pie enfrente del hombre, permanece aturdido.

Mientras toma otro aliento, el hombre se imagina unos trocitos helados de manzana sobre la lengua. Y traga. El abdomen reacciona con otros golpes, pero menos contundentes. Y por fin llega la calma.

Entonces, el hombre traga saliva para asegurar el alimento.

—Ahora tú —ordena.

El pequeño observa horrorizado, en el rincón de la caverna, a unos pasos, a cientos y miles de cucarachas marrones, grandes, caminando entre el fango.

—Come —insiste el padre.

—Me dan asco.

—Te acostumbrarás.

Después de limpiarse los ojos con la manga de la camisa desgarrada, el pequeño voltea hacia el interior de la caverna. Es bastante espaciosa, alta y profunda. Al fondo distingue otras fogatas lánguidas y las sombras de hombres y mujeres que se desplazan lentos, como zombis, igual que ellos. De nuevo sus ojos se humedecen.

—Quiero a mi mamá.

—Tu madre murió. Todos murieron.

El pequeño dibuja con los labios un puchero.

—Come o también morirás —advierte el padre.

El pequeño duda un momento, pero siente hambre. Mucha hambre.

—Vamos, come —le anima el padre.

El pequeño examina al hombre y advierte en su rostro adusto que no hay otra opción, y que las lágrimas ya no le sirven, así que, a paso lerdo y mirada fija, aunque algo perdida, se acerca al fango, en ese rincón de la caverna, y ahí, en cuclillas, estira el brazo y logra atrapar un bicho.

La última esperanza

David se sienta al frente del volante desde donde contempla unos zapatos diminutos color blanco en forma de botines que del soporte del espejo retrovisor penden como amuletos, y desde esa posición, casi estática, parpadea varias veces y respira profundo.

Arranca el automóvil, toma la ruta siete y se dirige hacia el encuentro con un amigo en McLean, casi a treinta minutos de casa. Han programado para ese día sábado realizar juntos un trabajo que David considera bastante arduo, pero también sabe que debe ir. Los zapatos diminutos se bambolean como pequeños columpios. El sol de la mañana empieza a calentar y los árboles ya han recuperado la belleza de la primavera anterior.

El día se presenta bastante agradable.

Para alegrar el viaje, David toma un CD cualquiera que se encuentra entre una ruma dentro de la guantera. Aunque pudo ser uno de tema instrumental, el que esta vez elige es de música criolla peruana.

Llega a la Georgetown Pike. El bosque se abre a

su paso. Tras entusiasmarse con las dos primeras canciones, escucha ahora la tercera, una popular tonada pegajosa al ritmo de la melodía negroide peruana de Pepe Vásquez, a la que David presta atención algo abstraído por su magia:

"Por qué perder las esperanzas de volverse a ver.
Por qué perder las esperanzas de volverse a ver.
No es más que un hasta luego, no es más que un breve adiós.
Adiós, adiós, nunca quizás nos volvamos a encontrar.
Cantando jai jai jipi jipi jai...".

Y de pronto se le nublan los ojos. No puede evitarlo. Es una reacción tan sorpresiva que casi se desvía del carril. No entiende ni piensa. Sólo siente y percibe imágenes. Muchas imágenes. Parecen incontrolables. Llegan todas de golpe.

Cuando la escuchaba años atrás, en su país, esa canción le parecía llamativa como tantas otras, y nada más. No discernía ningún mensaje ulterior, pero esta vez, en tierras lejanas, la letra le trae recuerdos vívidos, como si al comienzo le estimularan en su mente la aparición de imágenes fugaces e incontrolables de recuerdos, llenas de vigor, de sensaciones casi olvidadas, buenas y malas, que luego se van reordenando hasta posarse enfrente de él una detrás de otra hasta estremecerlo.

Parece un desfile. Puerto Bravo con sus casas de madera casi todas iguales construidas después del incendio que la destruyera por completo; los dos espigones que en complicidad con los rompeolas parecían haber vencido la bravura del mar; luego la playa, su madre y sus hermanas disfrutando de la arena mojada; y sus amigos y hermanos jugando fútbol más allá o zambulléndose desde la piedra plana en el tercer rompeolas. Todo eso en unos instantes. La sonrisa dulce e ingenua de mamá y el abrazo ausente. Su padre llorando solo en su habitación recordando la vez en que fue rechazado por el suyo. Y los momentos de mayor gozo, cuando sentado sobre una piedra en lo alto del cerro mutilado David escribía historias mientras respiraba el olor inconfundible de la brisa del mar. La mirada agonizante de mamá y el sabor amargo de su muerte. Casi una vida dejada al otro lado del mundo.

Y la despedida.

David se encontraba con su padre bebiendo unos refrescos. De vez en cuando los ojos pardos del anciano se humedecían. Su padre había sido algo sentimental; lloraba por cualquier motivo. Pero en esa oportunidad con mayor razón.

—¿Cuándo regresas? —preguntó.

—No lo sé. Tal vez pronto.

—Estos fueron tus primeros zapatitos —dijo el padre después de sacar del bolsillo uno zapatos diminutos de color blanco en forma de botines—. Cuando te los ponía me gustaba apretar tus pies con mis manos. Parecían unos guantecitos.

—Los guardaste por muchos años —contestó David maravillado.

—Llévatelos. Con eso te comprometes a devolvérmelos cuando regreses. Recuerda que son míos.

—Sí, papá. Te los devolveré.

Y se despidieron con un abrazo. El padre lloró en el hombro del hijo. David también se despidió de sus hermanos y amigos, y ante la misma pregunta respondía con la misma respuesta: "Tal vez pronto".

Al día siguiente David, acompañado de su mujer y sus dos hijos, se encontraba en Lima desde donde partiría hacia tierras extrañas. Fue el veintinueve de marzo de 1998. ¿Cómo olvidarlo? Hacía poco más de seis años.

La canción llega a la segunda estrofa y David se acomoda en el asiento, tal vez para encontrarse prevenido:

"En la luz se esconde el sol, pero siempre ha de brillar

la estrella que en el cielo da el calor de la amistad.

No es más que un hasta luego, no es más que un breve adiós.

Adiós, adiós, nunca quizás nos volvamos a encontrar.

Cantando jai jai jipi jipi jai...".

David sabe que en un rincón de su alma hubo alguna vez la esperanza de regresar, remota, pero la hubo, aunque si hubiera ocurrido cuatro o cinco años antes tal vez no hubiera desistido.

Tampoco dejó de perder la esperanza de devolver los zapatos diminutos que años atrás su padre le entregó, pero a raíz del once de septiembre las cosas se pusieron difíciles, y las regulaciones más duras, de modo que los papeles también se estancaron. ¿Y acerca de la amistad? Pues eran como amigos. Todos los hermanos con el padre eran como un gran equipo, aunque no exentos de algunos problemas que estimulaban la salud familiar.

Una imagen se fija en su mente con bastante nitidez. Es la última fotografía del padre. Se le ve diferente a comparación de cómo lo dejó. En ésta, su padre se encuentra casi consumido y sin brillo en los ojos, sin fuerzas y cabizbajo, como si ya no tuviera deseos de vivir. Sus hermanos le habían advertido que su padre no se encontraba bien. David meditó varios días con esa imagen viva en la mente. Llamó por teléfono y conversó. Escuchó al otro lado de la línea una voz algo gangosa, diferente, entrecortada, sin energía, pero David logró entender algunas palabras.

—Quiero verte —imploró el anciano.

—Yo también.

—¿Y por qué no vienes?

—En cualquier momento te doy la sorpresa.

—No te olvides de traerme los zapatitos.

—Te los estaré devolviendo personalmente, papá.

¿Pero cómo podría regresar?

Sus hermanos le mantenían informado acerca del avance o retroceso de la enfermedad. Transcurrieron algunos meses y las regulaciones en cuanto a inmigración en el nuevo país no avanzaban.

—No te despediste de tu madre, y sabes lo que eso significó para ti. —Una noche le habló su mujer casi al oído—. Ahora debes despedirte de tu padre, y no debes tener excusas.

David entendió. También era consciente de que el tiempo se le agotaba, así que sin consultar con su familia compró un boleto sin retorno, Washington D.C.-Lima, porque la opción de un viaje de ida y vuelta no era viable debido a su estatus migratorio. Volaría en tres días y disfrutaría con su padre de las próximas fiestas navideñas. *Serán las últimas que pasaré con él*, pensaba. Fueron tres noches de insomnio. Cada día, durante la cena, se imaginaba junto al padre mientras contemplaba a su mujer y a sus hijos.

Un viaje de ida —se martirizaba—. *Sólo de ida.*

El día tercero, a eso de las siete, David todavía conservaba el boleto. El vuelo salía a las once y treinta de esa mañana, así que partiría rumbo a Lima dentro de poco más de cuatro horas. Uno de sus hijos se encontraba en el colegio, el otro en la universidad, su mujer ya se había ido a trabajar y en pocos minutos él debería marchar hacia el suyo.

David tomó una maleta y la dejó abierta sobre la cama y tras colocar dentro algunas camisas y unos pantalones que sin escoger extrajo de los cajones del guardarropa, se reclinó contra la pared desde donde se fue deslizando hasta quedar sentado sobre el piso. Ahí sacó de un bolsillo los zapatos diminutos de color blanco. Los estrujó con ambas manos. Sin desprenderse de ellos encogió sus piernas, apoyó sobre ellas sus brazos cruzados y sobre éstos su cabeza, y en esa posición, algo absorta y melancólica, se mantuvo hasta pasado el mediodía.

Por la tarde, durante la cena, David mostró el boleto. Su mujer contempló sorprendida el billete; pero tras reaccionar, al instante abrazó a su marido. Los hijos la imitaron.

Algunos días después, a comienzos del 2005, David habló con un amigo muy cercano que había decidido regresar. Le dio un encargo. Uno especial. Le dijo que debía hacerlo en persona. Se lo repitió varias veces:

—No me puedes fallar, como si tú fueras yo.

Después de unos días el amigo llamó por teléfono.

—Misión cumplida, David.

—¿Cómo lo viste? —preguntó David algo inquieto.

—Estaba en el hospital. Lo vi bastante mal.

David no respondió.

—Ahí me presenté ante dos de tus hermanos y les referí tu encargo. Me agradecieron antes de permitirme ingresar a la habitación.

—¿Te acercaste?

—Por supuesto. Le di un abrazo y lo besé en la mejilla. Le dije que era de tu parte.

—¿Así le hiciste saber?

—Así lo hice.

—¿Luego?

—Luego le dije que lo amabas mucho.

—¿Respondió algo?

—No podía hablar. Sólo me miraba con los ojos llorosos.

—¿Pero te entendió?

—Claro que me entendió. Estoy seguro porque no dejaba de mirarme.

—¿Alguien preguntó por los zapatitos?

—Sí. Uno de tus hermanos. Le respondí tal como me dijiste, que como debías devolverlo en persona, preferiste conservarlo contigo.

No habría transcurrido más de cuatro o cinco días cuando a eso de las tres y treinta de la madrugada sonó el teléfono. Era una llamada inusual. David no se movía de su sitio, como si con esa actitud pudiese cambiar la noticia que sospechaba estaba por recibir.

—Debes contestar —le dijo su mujer con voz suave mientras lo abrazaba fuerte.

Desde el volante, David contempla los zapatos blancos diminutos colgados del soporte del espejo retrovisor. Ahora le parecen más hermosos. Se imagina por unos instantes a su padre cargándolo en brazos, calzándole y oprimiéndole los pies, como si fueran unos guantes pequeños. Y siente un cosquilleo y experimenta un estremecimiento, de modo que por instinto extiende con lentitud un brazo y los toca con los dedos, y los zapatitos blancos en forma de botines se agitan y se bambolean hasta casi tocar el parabrisas. Intenta ahora acariciarlos y ceñirlos, como si sus pies diminutos todavía estuvieran dentro, pero se le escurren de la mano.

La canción va llegando a su fin y David, en tanto presta atención a la letra, respira hondo, carraspea tres veces y se limpia los ojos y las mejillas con una mano mientras que con la otra, erguida, se aferra del timón.

"Por qué perder las esperanzas de volverse a ver.
Por qué perder las esperanzas de volverse a ver.
No es más que un hasta luego, no es más que un breve
adiós.
Adiós, adiós, nunca quizás nos volvamos a encontrar.
Cantando jai jai jipi jipi jai...".

Los zapatos diminutos continúan oscilando infatigables, desplazándose en sentidos impensados, como si tuvieran vida propia. David los observa por el rabillo del ojo, y aunque sabe que ya no podrá devolverlos nunca, debe continuar hacia el encuentro con el amigo en McLean para realizar el trabajo que juntos habían programado.

El prisionero

Estaba perdido en el bosque. Con machete en mano cortaba ramas y arbustos para hacerse camino. Avanzaba entre los árboles, a veces lento y a veces rápido, pero sin sentido, como en círculos. No sabía que necesitaba de mucha ayuda. Durante el día el sol se escondía entre los árboles y en la noche la luna ni se asomaba.

Ya habían transcurrido tres días desde que intentara cortar camino. Sentía hambre y sed. Tropezaba, caía y se levantaba sólo para tropezar y caer otra vez.

Si soy diestro, pensó en un momento de lucidez cuando recuperaba el aliento, *entonces mi tendencia debe ser girar hacia la derecha*. Así que, desde ese instante, donde encontraba dos o más caminos escogía el de la izquierda. Continuó y persistió en ese intento.

De pronto, cuando sus fuerzas lo abandonaban, llegó a un claro. Se alegró. Un santuario se levantaba imponente en medio del camino, así que avanzó y tocó la puerta.

Y creyó estar a salvo.

Epístola a la Fraternidad de S.P.

"Y por más que tuviera el don de la
profecía, y aunque conociera todos
los misterios y poseyera toda la
ciencia, y por más que tuviera toda la
fe posible hasta el punto de poder
transportar las montañas,
si no tengo amor no soy nada."
Primera epístola del apóstol San Pablo a los Corintios, 13.2

Nueva York, diciembre 30 del 2006.

Dilectos y apreciados amigos de la fraternidad de S.P.

Pocas veces se ha confiado a través de este medio situaciones como las que voy a referir, porque me parece que el contexto en el que nos rodeamos, por sus mismas características y porque nos es imposible vernos frente a frente, se muestra algo frío y distante, pero, para poder contarlo, por un momento voy a imaginar que vosotros estáis conmigo, aquí, en mi casa, que a pesar del invierno helado nos abrigamos con el calor de mi hogar. Me imagino que mis hijos, Rony y Mariano, ya os han saludado con sendos abrazos y palmaditas en la espalda, y que mi esposa ya os ha invitado a sentaros en la sala, alrededor de la mesita central, uno al lado del otro, y me imagino también que luego de muchas palabras nos encontramos esperando otras que reflejen el sentido para el que os he reunido, entonces, me imagino recién tratando de confiar algunas de mis razones, aquellas que en particular dejaron heridas y por lo tanto deben decirse para evitar que se vuelvan a repetir. Para comenzar, de hecho que sin pensarlo dos veces, me remontaría a la época en que mi padre se encontraba grave, o más precisamente al día en que él muriera, el doce de enero del 2005, porque hasta esa fecha al dilecto amigo Papá Cesáreo lo consideraba como de la familia.

Era cierto. Desde mi llegada a este país, en 1998, Papá Cesáreo me recibió con mucho cariño y desinterés, y por eso le estoy muy agradecido. Eran frecuentes las reuniones en su casa más que en la mía. Si un problema no me dejaba dormir, al primero a quien recurría era a él, y él también me despejaba las dudas que se me presentaban acerca de cualquier tema, de historia, nacional y universal, de geografía, de vivencias y, en especial, acerca de la fraternidad. Los que lo conocen no pueden negar su capacidad de dominio de escenario y de ser bastante ameno; cuando diserta acerca de algún tema, por su timbre y por la modulación moderada, pero cálida, que suele impregnar a su voz, la gente tiende a escucharlo ensimismado. Admiro su memoria prodigiosa, en especial en cuanto a las fechas. Las recuerda todas. Cuando le preguntaba cualquier cosa, acerca de un héroe o de un villano, de un rey o de un papa, de una leyenda o de una tradición, de una batalla o de un combate, de una guerra o de un complot, de un libro o de un escritor, me respondía hasta con lujo detalles, y sin dudarlo, incluyendo las fechas. Es admirable. Lo único que le faltaba para ser perfecto, creía en ese entonces, era precisar la hora, los minutos y los segundos. Pero creo que eso era pedir demasiado. Ama la lectura. Es una barbaridad para comerse los libros. A veces lo imaginaba comiéndolos en el desayuno en reemplazo del jamón y queso, o en el almuerzo en un concentrado de libros por caldo. A pesar de que su perro Pulgoso no dejaba de pelarme los dientes o de morderme el zapato, yo disfrutaba de las veladas en su casa, y también disfrutaba cada vez que íbamos juntos a nuestro templo con José Benites, Martín Wagner, Daniel Ocampo y Luís Campero. Cómo esperaba con ansias el segundo y cuarto martes de cada mes.

Eran otros tiempos.

Pero hace algunos meses el dilecto amigo Papá Cesáreo, a través de este foro, pedía con nostalgia al Gran Hacedor para que esos tiempos en que la paz reinaba entre todos los dilectos y apreciados amigos de nuestra fraternidad volviera a florecer, en alusión a la participación masiva de nuestras familias en el calendario anual de actividades. Creo que ese ruego, el que hubo apuntado en sus remembranzas fraternales como conclusión de tantas fotografías tomadas a lo largo del tiempo, es el clamor y el sentir de todos los amigos, y espero también el de él, dadas las diferencias casi irreconciliables entre nosotros.

Me voy a detener un poco en las fotografías. En ellas posamos sonrientes; nos preparamos durante el instante preciso en que el fotógrafo nos apuntaba con su cámara. Ahí estamos, por ejemplo, en una foto en ocasión de las fiestas de Acción de Gracias del año pasado, Papá Cesáreo y yo, sentados en una banca. Nos sorprendió la cámara cuando intentaba preguntarle los motivos de su indiferencia durante los días en que mi padre murió, de modo que apenas a tiempo sonreímos e impregnamos esa parte de la historia que Papá Cesáreo está tratando de reconstruir. Pero lo que la cámara no captó, ni podría haber captado nunca, fue la intención, la de él y la mía, porque simplemente la fotografía suele ocultarla.

Me parece propicia una frase de Arnold J. Toynbee —especialista en filosofía de la historia y quien estableció una teoría cíclica acerca del desarrollo de las civilizaciones— que dice: *"Quien desconoce la historia está condenado a repetirla"*, porque tal vez tengamos mucho que aprender de ella. Creo que la teoría cíclica de las civilizaciones que se resume en la frase citada también se puede observar, de acuerdo a la ley de correspondencia, en las familias, en los colegios y en las universidades, en las organizaciones con o sin fines de lucro, y hasta en nuestra fraternidad.

Es posible que lo que acabo de afirmar no sea del todo correcto, pero lo que sí creo es que si nos distanciáramos un poco, y sin ningún apasionamiento, podríamos comprender esa historia nuestra y que el dilecto amigo está intentando reconstruir. Creo además que la historia no escrita, pero que es la más relevante, es aquella parte que no se ve pero que le da el verdadero sentido, aquella que se encuentra más allá de las fotografías, debajo de la punta visible y superficial de ese enorme *iceberg* de nuestra historia, y que de bucear en el fondo, con el riesgo de ahogarnos, nos sería posible encontrar esos eventos no contados pero puestos de manifiesto a través de las relaciones entre nuestros amigos y derivados de las decenas y centenas de causas y efectos encadenadas todas ellas una tras otra como eslabones pero vistas como actitudes, poses y acciones, desde el comienzo hasta el final, desde la época aquella en que la fraternidad reinaba hasta el día de hoy.

Si lo hiciéramos de ese modo, si dejáramos de observar el aspecto superficial de las cosas, y si además nos alejáramos, como dije, a una distancia prudencial desde donde pudiéramos ver sin apasionamiento, tal vez, sólo tal vez, encontraríamos respuestas y comprenderíamos nuestra historia, sus raíces y sus consecuencias, y entonces, tal vez, ya no sería necesario recurrir al Gran Hacedor. De modo que en vez de hacer el papel de víctimas, o de mártires, más vale conocer la historia, la de fondo y no la superficial, la que se encuentra escondida detrás de las fotografías, para no condenarnos a repetirla.

Permitidme entonces ser el primero en bucear un poco en el fondo con el riesgo de ahogarme.

2

Mi padre se encontraba bastante delicado, con delirios y otros males de un moribundo. Desde poco antes de mediados del 2004 ya empezaba a ver visiones. Veía a los fantasmas de sus padres que llegaban a visitarlo, o a mi madre, fallecida en 1981, con quien sostenía conversaciones bastante amenas. Con frecuencia trataba de levantarse de su lecho de agonía, exigía su ropa y un taxi para efectuar algunas cobranzas o encontrarse con un amigo a cuyo entierro había él mismo asistido varios años antes. Y sobre todo me reclamaba.

Preguntaba por mí. Apenas podía descifrar, a través de un hablar gangoso, su reclamo cuando lo escuchaba por teléfono. Se me hacía un nudo en la garganta tan solo de pensar que tal vez jamás lo volvería a ver, y más cada vez que percibía su voz casi irreconocible. Como todavía no podía regresar a mi país, me enteraba de los pormenores y del avance de su enfermedad por medio de conversaciones telefónicas que sostenía con mis hermanos. Así fueron transcurriendo los meses en los que sólo me limitaba a consolarme con los recuerdos de Puerto Bravo. Ahí nació mi padre, nosotros y nuestros hijos. No lograba evitar que discurrieran por mi mente sus casas pintorescas de madera, casi todas iguales, construidas después del incendio que la destruyó, así como los dos espigones y los barcos y los rompeolas y el mar vencido y la playa y mi madre y mis hermanas corriendo por la orilla o disfrutando de la arena mojada y nuestros amigos con mis hermanos jugando fútbol o zambulléndose en el mar. Todos esos recuerdos se presentaban a cada momento. Mi madre con su sonrisa dulce e ingenua y mi padre tomando la siesta de la tarde. Y la muerte de mi madre.

Papá Cesáreo conocía esa parte de la historia y de la gravedad de la dolencia y de la imposibilidad inmediata de ver a mi padre. Se lo hice saber en varias oportunidades porque, como dije, lo consideraba como de mi familia.

Y finalmente recibí la llamada a mediados de enero del 2005. Además del apoyo de mi esposa y de mis hijos, recuerdo haber necesitado del abrazo y la compañía de un amigo. Pero Papá Cesáreo no apareció. El amigo que esperaba no llegó ni me llamó ni me escribió siquiera una nota, aunque sí recibí el alivio de otros amigos. Es fortificante escuchar palabras de aliento durante los momentos más tristes que en forma inevitable nos ha de llegar algún día, porque justo en esos momentos podemos descubrir lo bueno que es compartir nuestra tristeza ante la pérdida de un ser amado. Pensé en la posibilidad de que Papá Cesáreo desconociera la mala noticia, pero días después, al preguntar a uno de nuestros amigos acerca de cómo se había enterado, me respondió que a través de un mensaje que el dilecto amigo Papá Cesáreo había publicado en el foro de nuestra fraternidad. Por esa época yo todavía no era miembro de ese grupo.

De modo que ahí empezó. Por lo menos a esa conclusión he llegado luego de haber revisado tantos eventos y tantos mensajes. Fue la primera de mis grandes decepciones, aunque después, cuando razonaba acerca de ese hecho, me decía que era injusto con mis apreciaciones porque nunca debía suponer o esperar más de los otros, pero lo cierto es que me dejó la mala espina que alguien pudiera publicar en el foro la pérdida acaecida a un amigo sin atreverse a llamarlo nunca, como si más importante fuera dar la primicia que hablar con él o acompañarlo. Ese acto que quedó grabado en mi memoria lo sentí tan frío que de pronto el castillo que había construido alrededor de Papá Cesáreo se fue desmoronando. Eso fue lo que sentí. Amargura y tristeza, pero no sólo por la pérdida de mi padre, sino también por la pérdida del amigo.

Es así que nos fuimos alejando cada vez más conforme transcurrían los meses, y apenas nos veíamos y nos saludábamos en el templo. Creo que ambos fuimos responsables de ese distanciamiento porque nunca tuvimos la oportunidad de aclararlo, y en mi caso particular tampoco lo propicié porque ya había perdido el interés.

No quisiera comentar aquí acerca de los problemas que el dilecto amigo Papá Cesáreo pudiera haber contraído con otros dilectos y apreciados amigos, porque considero que esa es una responsabilidad que no me corresponde, ni tampoco quisiera señalar algunas de sus actitudes, porque si no tengo razones de causa, mal haría en juzgar situaciones que desconozco parcial o totalmente, de modo que sólo quisiera circunscribirme a los hechos que con certeza pudiera dar fe y soporte para beneficio futuro de los amigos de nuestro taller. Aunque creo que vale la pena mencionar, por lo que recuerdo, que sostuvimos uno que otro debate en el foro y alguna diferencia en plenas elecciones del cuadro de oficiales en noviembre del 2005, antes de la intervención, en mi opinión inoportuna, del apreciado amigo Julián Estupín, quien me parece ahora que en su inocencia no pudo haber forma que hubiera conocido los hechos previos a su incursión en el foro, y menos aún de que yo llevara al 2006 un juicio desfavorable acerca de las publicaciones egocentristas, diferentes de aquellas que deriven en un beneficio grupal tal como lo pregona nuestra fraternidad.

3

A Rony, el mayor de mis hijos, de veinticinco años en esa época, le llegó finalmente la residencia de este país casi a finales del 2005, de modo que preparó maletas y decidió regresar de vacaciones a Puerto Bravo tras casi cinco años de ausencia. Ahí recibió con alegría el nuevo año 2006 y esperaba retornar semana y media después, el martes diez de enero.

Pero el lunes nueve, cerca de las nueve de la mañana, un día antes de su retorno, mientras yo trabajaba en una obra cerca de casa, recibí una comunicación de un hermano de sangre, Aurelio, desde Puerto Bravo. Me dijo que no me preocupara, que en la madrugada asaltaron a mi hijo y que lo golpearon pero que se encontraba bien. Entonces le pedí, no le pedí sino que le supliqué, que me pasara con él. Quería escucharlo. Aurelio me aseguró que por el momento no podía porque estaba siendo examinado por un médico, que esperara unos minutos y que luego me llamaría. De inmediato llamé a mi esposa. Ella ya lo sabía, también la llamaron, pero tampoco había podido hablar con Rony. Pensé en lo peor. Abandoné el trabajo y me fui a casa. Recordaba que cuando se debía dar una noticia fatal era aconsejable primero preparar a la persona que recibiría esa noticia. Como ya habían transcurrido demasiados minutos, pensé que nos estaban preparando y que demoraban porque no sabían cómo decirnos. En esos momentos la mente es tan frágil que uno elabora pensamientos negativos. Recuerdo que luego de haber regresado a casa comencé a llamar a todo el mundo. Ninguno de mis familiares en Puerto Bravo contestaba. Transcurrían los minutos y mi hermano no llamaba. Subí corriendo a mi dormitorio en busca de una agenda antigua para llamar a unos amigos cercanos. Mis manos me temblaban y no podía razonar bien. Hice otras llamadas infructuosas. Al rato llegó mi esposa. La escuché correr y llamarme con la voz entrecortada. Pensé que ella había recibido la mala noticia, así que bajé y nos abrazamos. Lloramos juntos. Lloramos mucho. Le pregunté, ya más calmado, si la llamaron después de que conversamos la primera vez y me respondió que no. Entonces llamé al celular de mi hermano. Me dijo que mi hijo todavía no salía y que debía esperar unos minutos más. Le pregunté si estaba vivo y que por favor me dijera la verdad. Mi esposa me miraba con sus ojitos tristes e inflamados y llevaba las manos entrelazadas. Me supongo que ella hubiera querido verlo en ese instante, como yo. Aurelio me aseguró que sí, que lo golpearon de una manera salvaje pero que estaba vivo. Mi esposa me abrazó fuerte, pero sin pronunciar una palabra. Nada más me abrazó y se escondió entre mis brazos.

Al rato me llamó mi hermano y a través de su celular pude conversar por fin con mi hijo. No fue tanto una conversación, sino casi un monólogo. Rony contestaba a mis palabras de consuelo con una vocecita triste y apagada, con un "sí" o con un "ya". Lo sentí desamparado y concebí en ese instante la necesidad perentoria de reunirme con él y protegerlo. A pesar de que los hijos pueden ser adultos, los padres no podemos olvidar el hecho de que por varios años fueron pequeños e indefensos y que se acurrucaban entre nuestros brazos.

Luego tomé conocimiento de la gravedad del asunto. Mi hija, que radica en Puerto Bravo, nos lo describió de la mejor manera. Según sus versiones, Rony sufría, sumado a los moretones y a la hinchazón exagerada del rostro, de la nariz fracturada y del ojo derecho rojo por la sangre coagulada. Que parecía un monstruito. El médico que lo acababa de ver había recomendado una tomografía del cerebro para descartar cualquier daño, además de la urgencia de ser examinado por un oftalmólogo y por un otorrino.

Nos encontrábamos atentos en casa, mi esposa y yo, esperando noticias buenas. Por la noche supimos que era opinión del oftalmólogo que no iba a perder la vista, y al día siguiente nos enterábamos de que tampoco había sufrido ningún daño en la cabeza. Por recomendaciones de unos amigos se solicitó una segunda opinión, de modo que el miércoles once nos encontrábamos algo más tranquilos. Ya le habían arreglado y enyesado la nariz, y como se encontraba en proceso de recuperación, su retorno hubo de postergarse por dos semanas.

4

Ese mismo miércoles once, tras conversar telefónicamente con nuestro valorado amigo Fernando Desama, le mencioné de forma somera lo acontecido en nuestra familia, no recuerdo el motivo, tal vez por recibir algo de consuelo. Más tarde apareció en el foro del taller el mensaje siguiente:

De: Julián Estupín <je@internet.com>
Para: fraternidadsp @internetgroups.com
Enviado: miércoles, 11 de enero, 2006 13:18
Asunto: concentración espiritual
Estimado amigo Salazar

> Llama al valorado amigo Fernando Desama. Al hijo de nuestro apreciado amigo David Casas le ha sucedido algo grave y quisiera proponer un minuto de concentración espiritual. Tú sabes que en casos como este me aúno al dolor de los Amigos.
> Un abrazo
> Julián

A mí me pareció ese mensaje de mal gusto porque sospechaba —sobre la base de que esa no era su responsabilidad, de que lo publicó apenas el valorado amigo Fernando Desama se lo hubiera mencionado, minutos después de que yo hablara con él, y en concordancia con sus mensajes anteriores de carácter inoficiosos—, de la intención protagónica a la que se había puesto en evidencia el apreciado amigo Julián Estupín, o al menos esa era mi percepción, y en este caso, la de dar la primicia; como si con ese hecho estuviera realizando una obra de bien. *Otra vez el mismo cuento*, pensé. Como sólo esperaba que me dejara tranquilo, intenté cortar ese tipo de comunicaciones con el siguiente mensaje:

De: David Casas <dc@internet.com>
Para: fraternidadsp@internetgroups.com
Enviado: miércoles, 11 de enero, 2006 17:07
Asunto: Julián Estupín. Re: concentración espiritual
Apreciado amigo Julián.

Te agradeceré que en tus comunicaciones no menciones ni mi nombre ni mis problemas particulares. Recuerda que el derecho de uno termina donde comienza el de los demás.

Gracias.

David Casas.

Reconozco que primero debí llamarlo por teléfono y explicarle por esa vía lo que le dije por escrito, pero admito que me encontraba algo enfadado. Sin embargo, el estimado amigo Julián Estupín respondió con altura y prudencia, hasta ese momento, con el siguiente mensaje y con el que hubiera terminado el incidente:

De: Julián Estupín <je@internet.com>
Para: fraternidadsp @internetgroups.com
Enviado: miércoles, 11 de enero, 2006 18:11
Asunto: Re: Para Julián Estupín. Re: concentración espiritual
Estimado amigo David Casas
Pido mil disculpas por la intromisión en tus asuntos familiares. Mi intención no fue la de molestarte. Prometo nunca más hacerlo. Es verdad que la fraternidad entre amigos es el juramento que hacemos cuando nos iniciamos.
Un abrazo:
Julián Estupín

Pero en forma inexplicable, sin ninguna justificación, y fuera de tiempo, el dilecto amigo Papá Cesáreo intervino así:

De: Papá Cesáreo <pc@internet.com>
Para: fraternidadsp@internetgroups.com
Enviado: miércoles, 11 de enero, 1998 21:17
Asunto: Re: Para Julián Estupín. Re: concentración espiritual

Estimado amigo Julián Estupín:

Muchas veces el practicar la hermandad es mal comprendida. Son los riesgos a los que debemos enfrentar cuando ponemos en práctica tal vez uno de los deberes más sagrados que tenemos como miembros de una de las hermandades más grande del mundo. Desde tu llegada has demostrado un amor inmenso y desinteresado por los amigos.

He afirmado siempre que las alegrías y las tristezas forman parte de nuestra fraternidad, aunque, claro, debemos respetar los deseos de los amigos.

Por otro lado, permíteme agradecerte por el trabajo que estás demostrando por la unión, la armonía y la paz que siempre debe reinar en nosotros.

Te ruego continúes sin desmayo con ese trabajo que te has impuesto de forma voluntaria, pues de ese modo estás demostrando el trabajo de un buen amigo.

Por lo expuesto, te brindo una triple batería de aplausos por tu trabajo extraordinario.

Recibe un abrazo fuerte:
Dilecto amigo Papá Cesáreo.

Creo que esta fue mi segunda gran decep-
ción, la cual a pesar del tiempo transcurrido tampoco se ha borrado de mi memoria. Un hijo mío
se encontraba lejos. El lunes nueve de enero del
2006, cerca de las dos de la madrugada, fue se-
cuestrado tras salir de una fiesta y tomar un taxi,
le amarraron las manos y le colocaron una capu-
cha en la cabeza, lo golpearon con saña durante
casi dos horas hasta dejarlo inconsciente y por último, cuando lo dieron por muerto, lo arrojaron
en un pequeño barranco en una de las áreas mar-
ginales más peligrosas de Puerto Bravo, pero felizmente sobrevivió gracias a un ángel que lo so-
corrió apenas vio que lo tiraron. A pesar de las
opiniones alentadoras de los médicos, dos días
después del percance mi esposa y yo todavía sentíamos miedo, continuábamos con la duda, no podíamos dormir y nos encontrábamos bastante ner-
viosos con la idea de que nuestro hijo pudiera perder un ojo o sufrir algún daño cerebral o quedar
desfigurado. Lo habían dejado como un mons-
truo, en estado crítico, y mientras tanto aquí, en
nuestra fraternidad, a través del foro, dos amigos
hacían aspaviento de benefactores y uno aplaudía
al otro a costa de una desgracia. Y le había brin-
dado no una, ni dos, sino tres baterías de aplausos,
en tanto mi hijo, lejos, apenas si salía del estado
en que había quedado, y no me refiero sólo al fí-
sico. Me pareció una actitud demasiado irónica en
especial por proceder de un dilecto amigo. Al día

siguiente por la mañana apareció el siguiente correo:

De: Julián Estupín <je@internet.com>
Para: fraternidadsp @internetgroups.com
Enviado: jueves, 12 de enero, 1998 8:39
Asunto: Re: Para Julián Estupín. Re: concentración espiritual
Dilecto amigo Papá Cesáreo
Te juro que seguiré dando AMOR a todos mis amigos de nuestra fraternidad.
También recibe un abrazo fuerte.
Julián Estupín

Claro que ninguno sabía los detalles de lo que le ocurrió a mi hijo, y no podían saberlo porque no se los dije, pero suficiente con que se haya mencionado, creo, para saber guardar compostura, o silencio, como símbolo de respeto. Son mis amigos e hice un juramento, pero creo que, para beneficio de nuestro taller, y de la Orden, estos hechos, tal como ocurrieron o tal como los recuerdo o tal como los sentí, debía decirlo en voz alta para que se pudiera comprender y tomar conciencia, eso espero, de los daños que ocasionan. Y esa ha sido la finalidad, la de mostrar sólo una parte de la historia, la de fondo, diferente de la superficial, porque se puede explicar del mejor modo las causas de algunas de nuestras diferencias y del motivo por el cual la paz en nuestra fraternidad ya no reina como antaño, y sobre la base de esa exposición de motivos: aprender de los errores, corregirnos y evitar que en el futuro se vuelvan a repetir, de modo que mi intención no ha sido la de acusar o señalar, porque soy consciente de que como humanos solemos cometer errores.

El mensaje último me dejó la impresión que el estimado amigo Julián Estupín no había entendido el mío, al contrario, dejaba entrever, tal vez porfiado con sus pretensiones algo difusas para muchos, que su intención era sólo la de dar amor a sus semejantes. Como esas expresiones no me parecieron del todo sinceras, me vi obligado a responder, y a responder otros, y el tenor de esos correos llamaron a otros y a otros más con la finalidad de corregir, aclarar o sugerir, y entre ese ir y venir de mensajes, meses después, cuando me convencía de que mis supuestos podrían encontrarse infundados, aparecieron dos en el foro que, de algún modo, creo, se convirtieron en corolarios de los anteriores:

> **De:** Papá Cesáreo <pc@internet.com>
> **Para:** fraternidadsp@internetgroups.com
> **Enviado:** domingo, 20 de agosto, 2006 23:09
> **Asunto:** Salud del apreciado amigo Dany Zegarra
> Estimados amigos:
> Informo a todos vosotros que el apreciado amigo Dany Zegarra ha sido intervenido quirúrgicamente el día de ayer y se encuentra ya en su domicilio.
> Como siempre hemos manifestado y practicado en la fraternidad, al compartir las alegrías y tristezas, en esta oportunidad elevemos nuestras oraciones al Gran Hacedor para que nuestro estimado amigo Dany tenga una rápida recuperación.

Reciban todos un abrazo.
Dilecto amigo Papá Cesáreo

De: Julián Estupín <je@internet.com>
Para: fraternidadsp@internetgroups.com
Enviado: lunes, 21 agosto, 2006 08:15
Asunto: Gracias
Dilecto amigo Papá Cesáreo.
Te llamé por teléfono para darte la noticia de que nuestro apreciado amigo Dany Zegarra se encontraba enfermo y no me devolviste la llamada para decirme: "Apreciado amigo Julián, gracias por tan valiosa información". Pero bueno, así son ustedes, se llevan los méritos de otros. Te repito, la fraternidad es humildad y transparencia.
Un abrazo
Julián Estupín

El año 2006 fue para mí como de un color negro, porque veía a mis amigos por sus defectos. Quisiera que el 2007 fuese diferente, como el del color blanco de la pureza para poder ver a mis amigos por sus cualidades.

Ruego al Gran Hacedor que así me lo permita.
Reciban todos un abrazo fraternal.
Apreciado Amigo David Casas

El codicioso

Unos pasos detrás, el hombre la contempla en silencio, como suspendido en su mismo sitio, sin decidirse aún. Lleva en la mente un objetivo. Sólo uno.

De espaldas, cerca de la cama, la mujer se había desvestido sin apuros, quedándose apenas con una túnica transparente. Con un brazo extendido hacia arriba y luego de girar la mano había lanzado la blusa a un lado de la habitación, luego la falda roja de pliegues, y así, pieza tras pieza, una sobre otra, hasta formar un bulto pequeño de prendas multicolores que recordaba al arcoíris.

La mujer, al tiempo que con la palma de la mano derecha se frota la cadera de ese lado, con la mano izquierda se levanta la túnica transparente para observarse. Como las ve redondas y carnosas, las hace lucir con movimientos lentos de un lado hacia el otro.

El hombre no deja de contemplarla. Parpadea y traga saliva. Mantiene la mirada fija en el recorrido de la línea vertical de la espalda, desde la cintura hasta las curvas debajo de la región lumbar. Intenta avanzar, pero a pesar del esfuerzo no logra moverse. Duda.

La ventana, delante de ella, se abre de un golpe. En tanto el hombre continúa absorto, la mujer contempla maravillada más allá de ese marco. Afuera el viento sopla enérgico y las ramas de los árboles se doblan a su paso. Otros golpes suenan como si la ventana se resistiera al ingreso de un silbido lastimero que trae consigo un olor a pino, pero el silbido y el olor a pino por fin logran ingresar, primero con timidez y luego con intensidad hasta envolver la habitación de un extremo a otro. La mujer levanta la cabeza y respira profundo, como si fuera parte de esa naturaleza, sonríe a la ventana y a través de ella al mundo, y, cómplice, le ofrece su cabello largo y sedoso que se levanta con el viento. Pero el hombre no advierte el peligro ni siente al mundo reflejado en ella. No le importa. Ya no le importa. No escucha ni los golpes de la ventana ni el silbido ni percibe el olor a pino; permanece abstraído ante las curvas de la mujer, encima de los muslos, que se revelan como dos hemisferios.

Casi desnuda, la mujer desliza las manos sobre la piel tersa de los muslos, una y otra vez. Las piernas se ven elásticas y brillantes. Las manos suben hasta rozar el contorno de las caderas perfectamente torneadas. Ahí la mujer juega con ambos lados de los dedos, como si quisiera enfatizar sus atributos, pero no necesita hacerlo porque el hombre continúa inmóvil, extasiado, parpadeando y tragando saliva.

—No... No voltees —logra apenas tartamudear el hombre cuando la mujer trata de voltear.

La mujer accede y permanece de espaldas. Coloca las manos sobre las curvas y las aprieta de modo que se puede distinguir en ellas las marcas blancas alrededor de los dedos. Enseguida, con un movimiento inesperado, las golpea con las palmas de las manos. Cada hemisferio se mece zigzagueante.

La ventana sigue resistiéndose al viento como el hombre al peligro. Afuera el sol está llegando al ocaso y nubes espesas y negras se acercan amenazantes. El viento arrecia con mayor fuerza y la habitación absorbe cada vez más el silbido lastimero y el olor a pino.

Ahora, la mujer se inclina y apoya el rostro sobre la cama, estruja con fuerza sus carnes redondas y después de estirarlas se las ofrece al hombre.

—Todo es tuyo, cariño —dice en tono sensual.

El hombre experimenta un temblor que le recorre el cuerpo, pero por fin logra moverse. Avanza lerdo hasta llegar a un paso de la mujer, se hinca de rodillas y acaricia con una mejilla cada parte, despacio, lento, en un movimiento como en espiral, desde el contorno hasta el centro de cada hemisferio. Las siente frías. Luego, hace lo mismo con el otro lado del rostro.

El hombre cierra los ojos para sentir nada más que el contacto. Con sus manos toma las de la mujer y las aparta, abre los ojos y parpadea varias veces, como si tuviera un tic nervioso, carraspea y traga saliva. El temblor que experimenta se hace cada vez más evidente. Cree ahora que el mundo fue creado para postrarse ante sus pies solo porque los dos hemisferios se encuentran delante de él en actitud pasiva. ¡Insensato! Pega los labios sobre uno de ellos y los desliza con la boca semiabierta. La abre un poco más y en vez de besar, succiona. Al comienzo suave y la mujer se deleita, y suspira, luego con fuerza, y la mujer gime.

—Me haces daño —se queja ella.

El hombre no entiende. Parpadea y succiona con más fuerza, como si hubiera perdido el control de sus actos. Con las manos se aferra a las de la mujer. Ella se defiende clavándole las uñas.

—¡Que me haces daño!

El hombre no escucha ni a la mujer ni a la madre naturaleza. Tampoco siente las uñas clavadas en las manos. Sigue sus instintos. Ya no succiona. Muerde. La mujer grita. El hombre tiembla, parpadea, y muerde. Muerde fuerte. Sólo piensa en morder. No se detiene. Ya no puede detenerse. Muerde con furia. Destruye. Mata.

Las nubes explotan y los truenos y relámpagos se apoderan del cielo, y la ventana todavía se resiste a pesar de que el silbido lastimero acompañado del olor a pino, más poderoso ahora, como un huracán, ya la han vencido; y a través de ese espacio rectangular, que apenas se mantiene incrustado en la pared, se escapan otros gritos de agonía que son absorbidos por el ruido ensordecedor de la naturaleza que viene arrasando incontiniblemente.

De paseo

A la salida de un centro de ancianos, una mujer le dice palabras tiernas a un septuagenario sentado sobre una silla de ruedas. Tras varios movimientos negativos con la cabeza, por fin el anciano accede y se deja acomodar en el asiento posterior de un automóvil.

Tal vez la mujer lo lleve al parque, al estadio, a visitar a la familia o solo a dar unas vueltas por la ciudad. No lo sabemos. Tampoco sabemos si la salida es una rutina, aunque por el semblante dulce y trato afable, pareciera que la mujer hubiera esperado ansiosa este domingo para llevar al anciano de paseo.

—¿Sabes conducir? —con voz huraña pregunta el anciano.

—Sí, papá. Alguien me enseñó muy bien —responde ella con voz tierna y sonrisa melancólica.

En seguida, la mujer se sienta al volante, se limpia los ojos húmedos, arranca y parte.

En la primera esquina el automóvil voltea hacia la izquierda y ambos se pierden a lo lejos.

¡Sorpresa!

A las cuatro con treinta y tres minutos de la mañana, Camila llegó contenta a su casa. Abrió la puerta
con cautela, lento. Había regresado de vacaciones, sin
previo aviso, un día antes de lo programado, así que,
después de ingresar, dejó las maletas en el vestíbulo, se
sacó los zapatos y esperó. Ya acostumbrada a la oscuridad caminó en puntas de pie. Sonreía nerviosa ante la
sorpresa agradable que recibiría su marido. Cruzó el
pasillo lateral cerca de la sala, subió las gradas, avanzó
por el pasillo del segundo piso algo encorvada y a paso
de tortuga hasta pararse enfrente de la puerta del dormitorio. Ahí tomó aire, despacio, estiró la mano y abrió
la puerta, y al tiempo que accionaba el interruptor de
las luces gritó:

—¡Sorpresa!

Fue una reacción rápida, instintiva. A Camila se
le dilataron los ojos y se le separaron los labios. Todo
en un mismo instante. Se llevó las manos a la boca en
tanto que la garganta se preparaba para gritar, pero no
logró articular nada. Sólo se le escapó un gemido

ahogado, casi imperceptible, luego se tomó de los pelos e intentó de nuevo. Esta vez sí profirió un "¡ay!" lastimero y después dos más pero estridentes.

El marido se encontraba acostado con otra mujer. Él, impasible, e ignorando la presencia de la esposa, susurró algo al oído de la amante. Ella, en respuesta e ignorándola también, se levantó y se vistió con la ropa ligera que se encontraba sobre el piso. Entretanto, el hombre recogía la suya, la acomodaba en el guardarropa y se vestía sus pijamas color amarillo patito sin responder ni los reproches airados ni los manotazos de la esposa.

—¿Por qué no respondes? —preguntaba Camila entre gritos y sollozos.

Y ante la atónita mirada de la recién llegada, los amantes salieron del dormitorio, bajaron por las gradas y tras cruzar el pasillo lateral y el vestíbulo, finalmente la mujer abandonó la casa. Camila los había seguido sin bajar ni el tono de los gritos ni la gravedad de los lamentos. A continuación, el marido regresó al dormitorio, apagó las luces y se acostó de lado, en posición fetal, dando la espalda a su mujer, que ya había subido detrás de él, se tapó hasta el cuello y cerró los ojos.

Entonces Camila, más eufórica, prendió las luces, corrió hacia la cama, volteó a su marido y lo zarandeó de las solapas con todas sus fuerzas.

—¡Arturo! —le gritó—. ¡No te hagas el dormido!

El marido, como extrañado, abrió los ojos y miró a su mujer.

—Hola amor —dijo sonriente—. Pero qué sorpresa.

—¿Cómo? ¿Qué?

—Qué alegría verte, amor. ¿Acabas de llegar? —

dijo intentando abrazarla.

Camila se paró como un resorte.

—Pero ¿qué dices?

—¿Qué pasa, amor? —dijo Arturo con sinceras muestras de preocupación.

—¡No me llames amor!

—¿Te ha sucedido algo?

—¿Que si me ha sucedido algo?

—Pues claro. Te veo como agitada.

—¿Me estás haciendo la tonta o te haces el idiota?

—¿Por qué me hablas de esa manera, amor?

—¿Que por qué te hablo de esa manera? ¡Pero qué sangre la tuya! ¿Puedes explicarme lo de esa mujer?

—¿Qué mujer?

—La mujer con la que te encontré.

—No hay ninguna mujer. ¿Acaso ves alguna?

—La que encontré en mi cama.

—Habrás alucinado. Jamás se ha acostado otra mujer en esta cama.

—¿Cómo? Pero si los he visto.

—¿Cómo podrías ver a alguien cuando no hay nadie?

—Eres un cínico.

—Estaba durmiendo solo cuando me despertaste.

—Yo los vi con mis propios ojos.

—Si quieres busca. No vas a encontrar a nadie.

—Por supuesto que no voy a encontrar a nadie porque esa mujer ya se fue.

—¿Que ya se fue?

—¡Pero qué cínico! Tú la acompañaste hasta la puerta de la calle.

—¿Que yo la acompañé? Debes estar loca. Yo

estaba durmiendo solo cuando llegaste.

—No estoy loca y no estabas solo.

—¿Entonces cómo se podría explicar que imagines algo que nunca ocurrió?

—Yo los vi

—Crees haber visto algo.

—¡Yo los vi! ¡Yo la vi!

—Habrás soñado. Debe ser el cansancio.

—No me vas a hacer creer que he soñado.

—Pero mi amor, observa. Si no hay nadie.

—¡Ya te dije que no me llames amor!

Y Camila salió llorando del dormitorio.

Esa mañana, la madre de Camila llegó en auxilio de la hija. Después de informarse al detalle de lo sucedido, subió al dormitorio como una leona y habló con su yerno a puerta cerrada. Camila esperaba en la sala. A la hora u hora y media, la madre bajó rascándose la cabeza.

—¿No será que Arturo dice la verdad y que en realidad todo ese alboroto que has armado fue solo un sueño? —preguntó a su hija—. Ya sabes, por el cansancio del viaje.